JOYEUX NOËL

Alexandre Jardin est né en 1965 d'un père irréel et d'une mère héroïne de roman. Auteur, mari, père émerveillé et cinéaste parfois, il s'efforce de mener une existence dénuée de fausseté dans une époque qui exige des rôles.

Paru dans Le Livre de Poche :

CHAQUE FEMME EST UN ROMAN
DES GENS TRÈS BIEN
QUINZE ANS APRÈS
LE ROMAN DES JARDIN

ALEXANDRE JARDIN

Joyeux Noël

ROMAN

GRASSET

ISBN : 978-2-253-17660-2 – 1re publication LGF

À Marie-Barbara, naturellement.

Arbre généalogique de la famille Diskredapl

Népomucène Diskredapl
(1825-1875, ingénieur bizarre)
– lointain fondateur du clan –

Félicien (banquier atroce) et **Gwen** Diskredapl
(1917 – 2004) (1921 – 2011)

- **Malo** (1940-1961)
- **Hippolyte** (1945 –) (banquier fou, marié à Marie-Anne)
  - **Norma** (1970 –) (l'inespérée)
  - **Colombine** (1987 –)
- **Gwenaëlle** (1948 –) (archéologue, mariée à Markus)
  - **Kristen**
  - **Nolwenn**
- **Edern dit Zinzin** (1948 – 2004) (homme politique, marié à Marie-Ange, jumelle de Marie-Anne. Edern étant lui-même le jumeau de Gwenaëlle)
  - **Tangi** (1984 –) (marié à Amélie)
    - **Titouan** (2007 –) (mal barré)
  - **Tifenn**
- **Casimir** (1955 –) (mauvais imitateur, marié à une Réjane)
  - **Erwan** (1994 –)
  - **Maïwenn**

En guise d'amuse-bouche

Avant de m'élancer dans le toboggan de ce roman qui va couvrir sept années de rebonds, laissez-moi vous présenter ses protagonistes. Sans rien dissimuler de l'étrange liberté de leurs mœurs. Par souci d'honnêteté, j'écaillerai peu à peu leur vernis de cohérence au fil des chapitres. Les personnages ne sont plausibles qu'au cinéma, pour être acceptables aux yeux du public – rarement dans leur vie de famille, cette forme normale du délire.

Libre à vous de sauter cet apéritif et de commencer au chapitre suivant (ou page 39 si vous êtes de ces amants gloutons qui ont horreur des préliminaires) ; mais il me semble préférable de savoir avec qui l'on dîne avant de passer à table. Surtout lorsqu'on s'apprête à trinquer avec les équipes de l'improbable, du culot et du dérèglement.

Par ordre d'apparition, les membres de la tribu Diskredapl sont :

L'île

Carrefour des tempêtes abusives et des coups de colère océaniques. Au bout du roc de la Bretagne, l'improbable est normal. Autour de cette île, la lame est rarement tranquille, jamais une alliée. Là-bas, aux confins de l'Europe pondérée, le vent tord l'horizon de septembre à mai et les légendes tiennent lieu de réalité. Une absence de tout y règne : de chlorophylle, de paix, de dunes. Nulle colline granitique, nul relief pour contredire les éléments. Partout la bourrasque use l'herbe rase. Peu de civilisation. Je m'y suis rendu en hiver : aucun point du globe n'est plus féroce. Sur ce rocher infime et plat, la peine de mort semble avoir été rétablie par le climat. En janvier, certaines marées s'engouffrent dans les rues à pleines vagues. Les liaisons maritimes avec le continent sont souvent coupées. L'incommensurable est la mesure de ce récif. Je m'y sens donc à mon aise. J'en tairai le nom car je ne veux pas que l'île des Diskredapl devienne, après la publication de ce roman, un lieu victime de sa notoriété. Mon récit sera souvent infidèle à la réalité. Et si vous devinez de quelle île il s'agit, ayez la correction de tenir votre langue – ou mon éditeur vous giflera publiquement.

Népomucène

Fondateur mythique du clan Diskredapl, suicidé en 1875 le jour de Noël. Une merveille d'ivrogne, l'ami des risque-tout. Un ingénieur volontaire doublé d'un excentrique qui donna à sa filiation le goût des déguisements ; et la passion de brasser des chimères. Lui-même vécut accoutré en personnage de Shakespeare, en se moquant du qu'en-dira-t-on. Dès 1860, Népomucène Diskredapl fut dépêché sur l'île par la Commission des Phares. C'est lui qui inaugura la tradition de marcher pieds nus dans l'île d'avril à octobre. Pour dominer le climat et le nier aussi. Fanatique d'imprudences – et, paraît-il, de sodomie –, Népomucène a bâti le plus extraordinaire phare jamais osé par la France : celui d'Ar-Gwall, édifié sur la houle atlantique, surgi des vagues. Treize ans durant, cet acte de foi fut maçonné par sa détermination. Il est l'homme qui désira l'érection de ce phare en haute mer sur une roche étroite accostable aux basses eaux, quelques minutes par jour lors des grandes marées d'été. Un roc qui affleurait à l'ouvert de la Chaussée-de-Locmaria, l'un des plus sinistres coupe-gorge de l'océan. Situé à l'occident de l'île, ce guet-apens est un dédale de récifs où se ruent sans répit des lames accourues des extrémités du globe. L'insurrection des flots bretons y est chez elle. Dans les bars de l'île, on avait surnommé l'ingénieur Diskredapl l'Impensable. En faisant également référence à sa descente olympique. A force de chercher dispute à la tempête et de respirer le même air salé que ses marins-bâtisseurs, Népomucène s'était épris de l'île et – niant son homosexualité – d'une Bretonne, une fille drue aux yeux rieurs ; assez pour fonder ce clan tape-à-l'œil qui allait devenir le roman de l'île.

L'Impensable a laissé à ses héritiers un journal intime. De 1863 à 1875, il y a tenu chronique en partie double. Les pages de gauche rapportent sans pudeur ce qu'il a chaque jour convoité, éprouvé, bu cul sec, sucé et fulminé dans un siècle de plomb. Celles de droite font état du rôle un brin amidonné qu'il s'est cru obligé de jouer en société.

FÉLICIEN

Feu le grand-père de la tribu. Félicien forniqua peu mais toujours debout pour ménager ses vertèbres. Ce bricoleur fantasque inventa nombre d'appareils destinés à faciliter la vie domestique, en parvenant à compliquer celle des siens : une machine à sécher le linge dont la pièce maîtresse est une hélice d'avion fixée dans le grenier familial qui soulève des tsunamis de poussière ; une poire à lavement dotée d'un antique compresseur (susceptible de vous déchirer le côlon) ; un détecteur de mensonges utilisant un perroquet caractériel réputé infaillible ; des toilettes de bateau fonctionnant sur le principe de la ventouse qui vous siphonnent en une fraction de seconde (à placer dans le gosier, en cas de mal de mer), etc. Protégé d'humour et d'esquives, Félicien fut un concentré de fantaisie entreprenante, d'illusions amusantes et d'honorabilité. Fortuné, sans que l'on sache dans l'île jusqu'à quel point, ce banquier d'affaires semblait avoir conclu un pacte avec la chance. Atteint de scoliose morale, Félicien fut de la race des crapules dotées d'un talent particulier pour ravager leur arbre généalogique. Redoutable et cultivé, frotté de bonne éducation, cet individu a connu l'ignoble dans sa jeunesse. Félicien a rendu tout rapport apaisé avec le réel strictement impossible chez les siens.

Hippolyte

L'immoralité radieuse. Souvent cet imprévoyant se masturbe et s'essuie dans ce qu'il trouve : un billet de banque, un chaton, une mésange inattentive, une chaussette, un sucrier. Ce dératé très spécial a toujours confondu la brûlure du plaisir et le bonheur, ce qui est une mauvaise idée. Crêté d'orgueil, ivre de poésie (Ah Byron !), Hippolyte dépasse le genre humain en toute chose, comme s'il voulait défier les mollesses de ses contemporains et humilier quiconque a l'effronterie d'être sage. Infatigable querelleur, provocateur bouffon, d'une mauvaise foi abyssale, prévaricateur tonique, dresseur d'otaries, lanceur de javelot, empoigneur de culs (de bouteilles et autres), né pour vivre au soleil de la drôlerie et au bras de la chance, adorant foncer dans les buissons d'épines, resquiller dans les bordels d'Amsterdam et gifler dans les tripots corses, l'escogriffe possède une inaptitude notoire à la tempérance. Chaque minute le voit se contredire dix fois. Poutre maîtresse du clan Diskredapl, Hippolyte a succédé à Félicien à la direction de leur compagnie familiale : une banque d'affaires établie à Genève, spécialisée dans le financement des projets aventureux. Chez lui, en Suisse, les fenêtres sont encadrées de dorures, comme des tableaux de maîtres. Hippolyte prétend que ce qu'il y a de plus beau dans les musées, ce sont les fenêtres. Dehors passionne cet asthmatique. Souvent, il bondit hors de son domicile, à travers la croisée des fenêtres du premier étage. Il a épousé la très stoïque Marie-Anne qui se trouve être la sœur jumelle de Marie-Ange, la jeune épouse de son frère Edern.

MALO

Fils aîné de Félicien, noyé en 1961. Son cadavre ne fut pas repêché ; ce qui témoigne d'un certain art de mourir. Dans l'île, son prénom ne se prononce jamais sans une gêne. L'improvisé de son caractère a pourtant laissé de délicieux souvenirs à certaines. Dans sa jeunesse, le vigoureux Malo savait piller la vie comme son frère Hippolyte. Il regorgeait de merveilleux défauts. Les désirs des filles ne l'ont jamais lâché.

Gwen

Veuve méritante de Félicien. A quatre-vingt-dix ans, son visage s'est un peu affaissé sans s'être atténué, s'affirmant de l'intérieur. On sent qu'elle se façonne uniquement pas le dedans. C'est elle qui, depuis toujours, balaye l'île d'un vent de bonne humeur. J'admire sans réserve son culot généreux. Ses cinq enfants – Malo, Hippolyte, les jumeaux Zinzin et Gwenaëlle et l'insipide Casimir – sont les fruits d'une intense déception conjugale. Gwen se serait bien dispensée des appareils domestiques bidouillés par son mari – et de ce dernier également.

Edern

Appelé le plus souvent Zinzin, Edern – assailli de tics nerveux – a épousé Marie-Ange, la sœur jumelle de la femme d'Hippolyte. La fidélité n'est pas exactement l'obsession de Zinzin qui, à l'orée de l'adolescence, eut une liaison bouillante avec sa sœur Gwenaëlle. Liaison si impensable que ni l'un ni l'autre n'osèrent y resonger adultes. De secret, cet inceste festif est peu à peu devenu un angle mort. Pourtant, Zinzin pratique une sexualité buissonnière, sans préjugés excessifs. Un arbre même l'exciterait, pourvu qu'il fût jeune et d'un bois tendre ; ou bien un nid tiède de tourterelles, garni de plumes accueillantes ; ou encore un petit trou de taupe dans une terre grasse. Elu inamovible de l'Ouest, Edern Diskredapl est de ces politiques qui n'évoquent jamais les réalités que leurs électeurs les supplient de ne pas leur montrer. Chez lui, toute précision est frangée d'imprécision.

Gwenaëlle

Jumelle de Zinzin, mariée à un généalogiste d'origine bavaroise, inusable érotomane fidèle. Appliqué, Markus se flatte de faire jouir Gwenaëlle de trois à onze fois par jour depuis vingt-sept ans en l'obligeant à chaque fois à ouvrir ses yeux en grand. Tout orgasme non constaté visuellement le désespère. Les orifices de sa femme le passionnent. Poussée par une obscure pulsion de clarté, Gwenaëlle a usé sa vie à arracher du sous-sol des preuves du passé. Archéologue besogneuse, fuyant dès que possible les assauts de sa moitié, elle a mené des campagnes de fouilles en Irlande et en Bretagne centrale. Les rites sexuels druidiques n'ont plus de secrets pour elle ; mais se souvient-elle seulement de sa liaison avec son frère Zinzin ? Lorsqu'ils se donnaient de la joie en douce, ivres morts au fond des cinémas et des librairies… Ah les librairies bretonnes !

Le terne Casimir

Un échec, une inexistence, une cirrhose. Sa vie de déveine évolue moins comme un roman que comme une névrose. Il est des hommes émergés du ridicule : ainsi Casimir, qui fut toujours de constitution précieuse et poétique. Fasciné par Félicien, ce velléitaire s'était rêvé virtuose de manèges financiers. En restructurant la filiale berlinoise de leur banque familiale, cherchant à épater son père, Casimir avait, paraît-il, commis jadis une faute sévère. Du jour au lendemain, le civil Félicien avait banni ce hongre de leur banque. Casimir avait alors ambitionné une carrière d'imitateur qui tarde encore à s'affirmer, avec le rêve d'incarner tout le genre humain. A défaut d'être quelqu'un. Chacun de ses frères et sœur, et ses deux enfants, sont priés de feindre de croire que son nouveau métier a dépassé le stade des intentions. A sa façon, le dernier du lit de Gwen et Félicien reste un faussaire, en délicatesse perpétuelle avec l'authentique. Lui-même ne semble pas certain d'exister.

MARIE-ANNE ET MARIE-ANGE

Les sœurs jumelles et belles belles-sœurs de ce clan d'aveugles. Assez rigolotes, fanatiques de fiestas mais très frigides – à un point qui confine à la mauvaise éducation. Ensemble, elles ont ouvert une chaîne de magasins sans odeur. On y trouve les plus attrayantes fausses fleurs d'Europe, si réussies qu'elles déclassent les vraies.

COLOMBINE, HÉLAS

Deuxième fille d'Hippolyte. Une tristesse aux omoplates saillantes. Une déroute de cinquante kilos à peine, pour un mètre quatre-vingts. Ses yeux s'ouvrent chaque matin sur des abîmes. Elle croit en son malheur ; ce qui est une marque évidente de sottise. Sa peau mitée, difficile, camouflée de fond de teint, reflète sa vie de déceptions. Son atonie générale paraît irrémédiable. Molle, Colombine a tout raté. Même ses suicides artisanaux ont manqué de style et de conviction.

NORMA, BIEN SÛR

Grande sœur de Colombine. A, comme elle le disait enfant, *beaucoup de moteur et plus du tout de frein*. Une hémorragie de vérité. Une joie définitive. L'anti-

dote à tous les poisons familiaux. L'effrontée merveilleuse qui ose remettre les chimères à leur place. Norma est une vague, un mascaret du changement qui porte l'authenticité au pinacle. Grâce à cette lucide qui échappe au piège du cynisme, tout ce en quoi je crois m'est comme accordé. Chez elle, tout procède du cœur. Femme de souffle, elle embrasse, m'a-t-on dit, quinze ou vingt minutes d'affilée, en s'oubliant dans la volupté. Rien à voir avec les étriquées et les renâcleuses qui restent au seuil de l'abandon – je les hais. Cette fille a toujours pris le verbe jouir très au sérieux.
Depuis l'âge de quinze ans, Norma possède une copie du journal de Népomucène. C'est Gwen, sa grand-mère chérie, qui la lui a remise secrètement. Fascinée par ce texte en partie double, Norma tient chaque jour le sien selon ce sain principe. Couche-t-elle gaillardement avec un homme très marié ? L'événement est noté sur une page de droite de son carnet. En est-elle heureuse ou affligée ? Son émotion véritable est inscrite sur la page d'en face. Ses pages de gauche détaillent sa vérité, celles de droite sa réalité. Souvent, elle ne rédige que des pages de gauche.

Les présentations sont faites. Avant de passer à table pour ce repas de Noël, laissez-moi vous présenter le cuisinier – moi, ou plutôt le type heureux que je crois être devenu à l'heure où j'écris ces lignes ; et vous dévoiler les circonstances qui m'ont précipité dans l'aventure de ce livre…

Prologue

Jusqu'à quarante-six ans, j'ai mené la vie d'un autre. Celle d'un rieur sans joie qui s'accommodait fort bien de ses masques. J'avais décidé d'être heureux au lieu de l'être. Une partie de moi, incapable de jouir, ne vivait pas. Dissimulé dans la lumière du succès et coincé dans des chagrins insolubles, j'ignorais que l'on pût réellement être soi à l'année longue. Un bloc de vérité. Jamais je n'avais imaginé qu'il fût envisageable de vivre sans « angle mort », en assumant à tous risques ce que l'on est.

Puis vint le big bang, ma sortie de la dépression, la fin de mon racornissement.

En janvier 2011, la tête en feu, je cessai de faire le malin en publiant un petit livre intitulé Des gens très bien. *Ce récit coupant fut ma chance. Il commença à me recommencer. Mon existence en fut décapée, remodelée, vivifiée. L'opération pourtant tenait à la fois du suicide littéraire, du sabordage identitaire et du saut dans le vide. Sans doute faut-il mourir un peu pour renaître à soi.*

Dans ces pages irréversibles, je quittai l'île enchanteresse des Jardin pour aborder la terre ferme de la vérité. Une terre salée. Brûlant la légende, je regardai enfin avec la bonne focale un secret de famille exposé dans les livres de mon père pour qu'on ne le vît pas. Mon grand-père paternel, juché au sommet du pouvoir collaborateur de Vichy, avait participé au pire. C'est ainsi. Le jour de la rafle du Vél' d'Hiv', le 16 juillet 1942, Jean Jardin assuma une politique à laquelle il resta fidèle jusqu'à sa fin. En osant ce texte curatif, presque impossible à métaboliser par les miens, je consentis à regarder en face l'angle mort des Jardin. Par cette purge littéraire, je me désolidarisai d'une tribu frappée de cécité depuis plus d'un demi-siècle. Avec l'espoir de lessiver notre mémoire et l'ADN transmis à mes cinq enfants.

A l'âge où s'éteignit mon père, je cessai soudain de vivre « à côté » de moi, dans un simulacre de gaieté. Grâce à cette publication, je fis une plongée au cœur des secrets de mes contemporains. Ce que je n'avais pas prévu. Ce fut une naissance : douloureuse, magnifique. Par courrier, dans la rue ou les cafés, on cessa subitement de s'adresser au personnage que j'avais joué jusque-là pour me parler vraiment. En engageant dans ces rencontres une bouleversante confiance. Comme si j'avais été le psy gratuit de la nation, une oreille tendue vers tous les silences.

D'innombrables personnes, remuées par mon désarroi et peut-être stimulées par ma transgression aussi publique que privée, se mirent à me livrer la réalité de leur clan. Une déferlante d'aveux. Toutes sortes d'âmes inapaisées m'ouvrirent leurs placards emplis de sidérations : descendants de la grande peuplade des collabos « honorables », anciens policiers rafleurs portant rosette à la boutonnière, petits-fils de conducteurs de train à bestiaux barricadés dans le « j'ai-rien-vu », sol-

dats fissurés par leur guerre d'Algérie, ex-enfants cachés, Juifs à qui l'on avait longtemps masqué cette qualité. Courir le risque d'être vrai permet aux autres de l'être à leur tour. La bonde était ouverte. L'espace d'une demi-année, je fus plongé dans une authenticité qui me donna le goût de vivre autrement : sans filtre. Dans cette joie simple et difficile à la fois qui jaillit lorsque les masques tombent. Au plein soleil de la sincérité. A leur insu, ces gens désensablaient la source de vie qui est en moi. Dans la foulée, je rayai de mon carnet d'adresses toute une clique de faux-culs brevetés et resserrai mes liens avec les autres.

De mon belvédère, j'eus un accès direct au roman véritable – si tant est qu'il existe – de nombre de familles de mon pays. Et à la beauté de ces gens probes qui, soudain, osaient éventer leurs secrets en dressant l'inventaire moral de leurs parents ou grands-parents. Dans les librairies, le métro parisien, les trains gonflés de voyageurs, les bars de province ou les queues de cinéma, on me confia les secrets les mieux évités, les hontes ravalées. On pointait l'innommable. Un père très honoré, grand résistant, avait tondu trois femmes en août 1944 en leur pissant dessus. Comment interpréter cet acte déplaisant commis par un héros respecté et concilier de telles contradictions ? me demanda-t-on la gorge nouée dans un café lyonnais. A Toulon, on en voulait encore à ses parents – tout en les comprenant – d'avoir refusé d'accueillir un garçonnet juif qu'une maman étoilée tentait de confier au début de 1943, avec des insistances polies qui s'étaient soldées par une porte claquée. Ce claquement fatal résonnait encore dans la mémoire de l'ex-gamine de douze ans qui me dévoila sa honte d'être issue de ce déshonneur jamais évoqué. Au bout de ma rue, près de la place Clichy à Paris, un passant désemparé me déclara sur le trottoir que les siens vivaient depuis trois générations dans un appartement volé à une famille juive en juillet 1942, au lendemain même d'une rafle. Dans la terreur lancinante et toujours tue qu'il faille un jour « le rendre ». Au salon du livre de Bruxelles, je croisai une femme vieille et sensible, trouée de chagrin. Pendant trente ans, chaque matin, elle avait ouvert ses volets sur la maison d'un voisin courtois qui avait dénoncé deux de ses fils : déportés, gazés puis brûlés. Sans trop savoir avec quelles lunettes voir cette promiscuité, qu'elle perpétuait pour maintenir un ultime lien avec ses enfants morts. Une Toulousaine juive croisée dans une librairie aujourd'hui fermée me scia d'émotion. Prise dans le désordre d'une arrestation en 1942, cette très jeune mère avait dû choisir lequel de ses deux enfants sauver. Elle avait soudain lâché la main de sa fillette. Cette femme me crut capable d'entendre sa fêlure et les cris de sa fille sacrifiée qui, soixante-ans plus tard, demeuraient intacts dans ses tympans. Puisque j'avais bravé l'aveuglement des Jardin, on supposait que j'étais capable d'entendre l'inaudible. Que j'étais très fort là-dedans. Expert en oubliettes. Et en révélations insoutenables.

Je sentis alors combien nous habitons nos secrets de famille avant de les voir avec un peu de netteté ; et que ces épisodes impensés ne sont pas rares. Chaque lignage semble posséder sa part d'« angles morts ». Sans doute sont-ils même le meilleur ciment de nos clans, tout en les détruisant.

Dans ce pullulement de confessions qui surgissaient de toutes parts, et tandis qu'une partie des Jardin m'attaquait par voie de presse, je vis également converger vers moi celles et ceux qui tentent, vaille que vaille, de rétablir une parole juste dans leur propre famille. Des gens qui, à mesure qu'ils débridaient leurs plaies, semblaient se ranimer – et me ranimaient. Mon livre paraissait leur avoir fait l'effet d'un signe de ralliement.

Parmi cette foule d'individus, souvent drôles (on se défend comme on peut face aux morsures du destin), je fis une rencontre électrisante, au moment même où je n'étais pas loin de flancher nerveusement. C'est lors d'une signature dans une librairie nantaise, en janvier 2011, que je croisai cette âme sœur puissante, inclassable et résolument en joie.

— Je m'appelle Norma, me lança-t-elle en plantant ses yeux clairs dans les miens. Norma Diskredapl.

De ce regard franc, je fus traversé comme par une balle.

— Comment l'écrivez-vous ? lui demandai-je en saisissant l'exemplaire des Gens très bien *qu'elle me tendait.*

D'une blondeur impossible à éteindre avec une brosse, Norma était presque aussi solaire que mon épouse latine. Un morceau de pure vitalité. Une présence apaisée. Epelant son nom, Norma Diskredapl m'expliqua que son patronyme signifie « impensable » en breton. Puis elle déplora que la traduction française de son nom portât l'accent sur la nature ébouriffée de sa famille – qu'elle jugea « jardinesque », avec le sourire, au motif que sa tribu avait longtemps concilié des fidélités politiques nauséabondes et des mœurs drolatiques ; ainsi que de romanesques contradictions. Ce qui ne me troubla guère. Les farfelus de toute l'Europe ont depuis vingt ans tendance à affluer vers moi en rangs serrés – ce qui m'enchante. Ils colonisent même mon quotidien. La normalité m'a toujours mis mal à l'aise. J'y vois une fiction.

Avec simplicité, cette jeune femme ajouta :

— En dessous de « A Norma Diskredapl », pourriez-vous écrire, si ça ne vous dérange pas, « qui a été violée à l'âge de six ans ».

— Pardon ?

— Oui, j'ai été violée… à six ans et internée en clinique, deux fois, par mon père qui tenait à ce que je sois folle.

Haussant les épaules, elle ajouta avec une gaieté qui sonnait juste :

— C'est ainsi ! On ne va pas en faire une histoire. Ni non plus le cacher.

Effaré de la voir passer ainsi du badinage à l'aveu, je retins mon stylo :

— Pourquoi me dites-vous tout ça ?

— Parce que vous pouvez l'entendre ! s'exclama-t-elle. J'adore l'idée de ne pas faire semblant avec vous.

Je restai stupéfait que de telles catastrophes n'eussent inscrit nulle amertume sur son visage, aucune ride de souci au front ou de tristesse à l'angle des lèvres : une plénitude !

Norma précisa :

— Je suis sûre que ça vous rassure quand on dit les choses comme elles sont, ou plutôt comme elles ont été.

— Effectivement, mais…

— Ça me fait plaisir de vous rassurer. D'autant que je ne représente aucun risque pour vous.

— Que voulez-vous dire ?

— Sexuellement… autant le dire.

— Quoi sexuellement ?

— D'habitude, je couche très facilement... confessa-t-elle, la narine discrètement palpitante.

— Ah...

— Oui, je cède vite, c'est divin de perdre le contrôle. De jouir de manière inopinée. Mais là je suis amoureuse ! Fiancée même, avec un homme merveilleux. Vous l'adoreriez !

Je restai bouche bée devant cette étrange vestale de la transparence, disposée à articuler toutes les vérités – sans que l'on pût déceler chez elle la moindre trace d'hystérie. Norma n'était que tranquillité. D'emblée, elle venait de purger la question du sexe entre nous. Le sourire aux lèvres, elle me faisait pénétrer dans un domaine inconnu, à la fois fascinant et inquiétant : « la vie sans angle mort ». Mais ses paroles décalées me sécurisaient effectivement, comme chaque fois que quelqu'un s'adresse à moi en jouant cartes sur table, en entretenant une relation intense et nécessaire avec la vérité. Aujourd'hui, les postures, le respect de la bienséance et les ronds de jambe m'angoissent plus que jamais. J'ai faim de sincérité. Tandis que j'écrivais sur la page de garde de mon livre les mots mêmes qu'elle m'avait prié d'inscrire, Norma me tendit un bref dossier intitulé « Histoire secrète de ma famille ».

— J'ai sept ans d'avance sur vous... me souffla-t-elle. Croyez-moi, il est possible de vivre en voyant... tout, à 360 degrés. Et en parlant sans angle mort !

— Qu'entendez-vous par « angle mort » ? Vous n'avez donc aucun secret ?

— Si, des montagnes !

— Alors ?

— Mes secrets me construisent, mes angles morts me détruisent.

Puis elle ajouta :

— Je ne suis pas transparente, ah ça non ! Mais je dis ce que je suis tentée d'enterrer et qui me dévitaliserait si je le taisais !

— Faut-il tout voir, même ce que l'on est tenté d'effacer ? hasardai-je.

— Ça me fait un bien fou d'essayer ! lâcha-t-elle avec jubilation.

— En confondant toutes les catégories d'angles morts, publics et privés ?

— Vous savez, il y a plusieurs manières de se tuer. La pire est d'être timoré.

De toute évidence, la prudence était un risque qu'elle ne pouvait plus se permettre. Norma saisit son livre, m'embrassa sur le front sans que j'eusse le temps de réagir et, légère dans ses bottes, décampa pour ne pas rater son bateau de ligne. La joie était son combustible ; mais son allégresse semblait plus permanente que liée aux circonstances, presque postulée, quasi axiomatique. Cette femme était exposée à toutes ses émotions, magnifiquement vulnérable. Splendide complexion !

Sur son dossier, elle m'avait laissé ses coordonnées.

Je lus son texte dès que je le pus. Ses trente pages concises étaient constituées de notes douloureuses qui, curieusement, n'altéraient ni son humour ni sa verve. Regarder la réalité justifiait son optimisme – devenu indispensable. Norma y révélait les coulisses d'une tribu en tâchant de ne pas omettre un seul non-dit. Aucun surmoi ne tempérerait sa plume ironique et emballée. Ce qu'elle avait flairé ou constaté, elle le détaillait en se portant aux extrêmes de la franchise. A l'aise dans l'aveu, Norma partait du principe que toute cécité est préjudice.

Avait-elle raison ? N'étais-je pas, à mi-vie, déjà ankylosé de prudence ? Amoindri par mes réflexes feutrés et trop de dérobades ? Soudain, mon affaissement me consterna.

Le soir même, nous bavardâmes au téléphone pendant presque deux heures de son aventure familiale qui, au fil de nos confessions, mit mon imagination sous tension. Je me sentis alors brûler d'une fièvre heureuse qui n'est autre que la vie lorsqu'elle s'élargit. Norma était un tremplin vers la licence d'être soi. Capable d'une douceur absolue, elle descendait au cœur de son cœur lorsqu'elle se dévoilait.

Cette conversation nocturne a directement inspiré ce roman de Noël qui, pour une part, relève bien évidemment de la fiction. Mon identification immédiate à Norma fut d'autant plus aisée que les Diskredapl et les Jardin présentent, hélas, bon nombre de dérèglements communs. Et, je l'avoue, la gaieté inconditionnelle de cette fille agissait comme un appel d'air – car dans le même temps, elle ne se défendait pas de ses chagrins. Norma avait « l'intelligence d'être heureuse » malgré son histoire. Aucune révélation ne semblait plus susceptible de mettre à mal sa sécurité. Cette fille admettait ce qui est. Une soliste de la vérité.

Son aventure familiale avait commencé sept ans auparavant, dans son île. Plus Norma détaillait l'épopée secrète de son clan turbulent, plus elle m'hypnotisait par sa facilité à révéler l'indicible. Cette réfractaire à toute cécité avait eu le talent de réussir presque en Bretagne ce que j'ai peut-être raté à Paris : faire bascu-

ler les siens dans une lucidité inespérée. Malgré les coups, Norma était parvenue à refonder sa tribu sur un roc de vérité.

Ce qui me fait rêver, et dont j'avais alors un besoin urgent. Mon oncle paternel en rage, un cousin indigné, une demi-sœur outrée, une cousine vindicative, le ban et l'arrière-ban des Jardin défilaient dans les médias. Tous vilipendaient ma prose de mal-pensant prétendument intéressé, de traître, en espérant me culpabiliser ; ce qui fonctionnait assez bien, tant il est difficile et coûteux pour l'estime de soi de ruiner la respectabilité de son propre nom. Un soir de désarroi, je rappelai Norma. Sa voix fragile qui, soudain, n'était plus un instrument de séduction – ou plutôt de prise de possession d'autrui – m'étonna.

— Vous tombez à pic, me dit-elle, on enterre ma grand-mère demain. Venez sur notre île. Je vous attends.

— Ah, désolé… mais pourquoi ?

— Venez voir une famille qui essaie de vivre « sans angle mort ». Oui, qui prend la vérité au sérieux. Ça vous changera d'air !

— Oui mais…

— Mais quoi ? Je vous dis que, sexuellement, vous ne risquez rien.

Dès le lendemain, je rejoignis Norma en Bretagne, sur son île de haute mer, afin d'assister à l'inhumation de sa grand-mère âgée de quatre-vingt-dix ans – au grand dam de ma femme. Toujours circonspecte, L. connaît mon goût prononcé pour les êtres hors série qui entretiennent avec l'optimisme une relation particulière. Jalouse comme seule une Méditerranéenne sait l'être (j'adore ça), elle ne comprenait pas que j'étais disposé à tout sauf à me jeter dans une double vie. Fût-ce avec une femme de tempérament. Les cuisses nues des filles sous leurs jupes fines ne me tentaient pas. A ce moment-là, le sexe m'excitait moins que ma fringale d'authenticité. Norma m'avait assuré que dans le tumulte de la sortie de mes Gens très bien *la découverte de son île singulière me serait un apaisement ; et peut-être un espoir. Elle affirmait avec simplicité que là-bas, on commençait à vivre « sans angle mort ». Rien de moins…*

Pour être franc, les affirmations de Norma me firent l'effet d'une fable – à laquelle je voulais adhérer sans trop y parvenir. Depuis toujours, je sais que la réalité est rarement plausible. N'advient dans la vie, cet espace anormal, énigmatique, que ce qui défie les probabilités. Mais au bar central du petit port de son île embuée – qui m'apparut miraculeuse, plate, enfermée dans sa beauté –, je fus captivé par son atmosphère.

M. Le Goff, le maire, trinquait pieds nus, comme une partie de la clientèle de l'établissement (en janvier !). On m'avait dit les Bretons taciturnes, gens de peu de mots – j'en fus pour mes frais. Très ému, hautement volubile, l'homme sans cou me déclara que cette journée de deuil était doublement triste pour lui puisqu'il s'agissait de l'anniversaire du décès de son père. Avec beaucoup de naturel, l'édile ajouta :

— Mon père est mort il y a vingt-quatre ans exactement, alors qu'il était en train de jouir dans ma mère.

— Pardon ?

— Pendant l'acte sexuel, son cerveau a flanché. Vous imaginez comme ça a été dur pour elle ? Si j'ose dire…

— Oui, je suppose... ai-je répondu, halluciné par cette confession qui, dans mon esprit, supposait un minimum d'intimité et des circonstances autres qu'une trinquée dans un café.

— Pendant qu'il était en train de jouir... répéta l'homme encore obsédé par cette vision.

Je ne savais pas comment réagir face à un être aussi peu dissimulé – donc fiable et libre. Je vomis les byzantins. Autour de nous, les îliens ne paraissaient pas choqués outre mesure. Pourtant, jamais un inconnu ne m'avait parlé ainsi, sans aucune pudeur. Face à un Breton des îles, supposément taiseux par nature, je n'en étais que plus dérouté.

Mon excitation fut plus vive encore lorsque à l'issue de la messe célébrée en celte, je pénétrai aux côtés de Norma et de son fiancé dans le petit cimetière marin accolé au bourg. Un champ herbeux comprimé dans des muretins de pierres. Dans l'étagement des sépultures et des caveaux sculptés, nous suivions la foule endeuillée qui continuait de chanter en breton lorsque je ressentis cette sorte de fièvre qui me saisit à chaque fois que l'actualité prend un tour incroyable. Une fois encore, la vie exagérait.

Sur les tombes de granit noir et de marbre, nombre d'épitaphes avaient été rectifiées ou plutôt complétées au feutre, à la craie ou avec de la peinture. Une affolante pulsion de vérité semblait avoir saisi les familles de l'île. L'indicible partout écrit, affiché. Le marbre hurlait. Dalle après dalle, on pouvait lire à ciel ouvert l'envers des vérités officielles : catalogue des secrets de famille. C'était à qui avait violé, menti à ses enfants, escroqué un frère, dissimulé une adoption, trahi les intérêts de l'île ou sa moitié. Que portait dans ses flancs une telle profanation de la mémoire ? De quelles dislocations était-elle grosse ? J'étais assailli de questionnements. Le chevillage des clans n'a-t-il pas besoin d'un minimum de mensonges fédérateurs ? Peut-on vivre durablement sans légendes agglutinantes ? Sur ce confetti de France, il semblait que oui. J'étais d'autant plus troublé que, gamin, cerné de légendes jardinesques, j'avais renoncé à croire que la vérité officielle des êtres et la réalité pussent coïncider. Soudain, la vérité et la réalité semblaient se superposer. Ce spectacle d'une communauté s'efforçant de vivre les yeux ouverts était à la fois angoissant et jubilatoire ! Ma tête bouillait. Norma me sourit dans la pluie. Je commençai à saisir pourquoi elle m'avait entraîné dans ces parages. Mon rêve d'une existence sans déni avait peut-être trouvé son lopin.

Après que la foule eut chanté le très solennel Iliz ma farouz, *Norma s'avança devant le cercueil de sa grand-mère, Gwen Diskredapl. D'une voix saisissante, sonnant juste, elle évoqua son aïeule en révélant des vérités intimes :*

— Toute ta vie, mamie, tu as eu honte d'être la fille d'une prostituée de Rennes qui t'a abandonnée à trois ans. Au point que tu n'as jamais pu avouer ce « péché des origines », même lorsque tu as tenté, avec courage, de clarifier ton passé. Sans doute l'avais-tu relégué derrière ta mémoire. Mais c'est ainsi : nous tes enfants et petits-enfants, descendons d'une pute bretonne !

Je restai coi. Point n'était besoin de filer sur des terres inconnues pour rencontrer des êtres dépouillés d'artifices ! Et que l'on n'aille pas me seriner que la transparence est un masque supplémentaire. Sur cette île, je me sentais chez moi. Même chez les Jardin, par-

fois très libres de ton, nombre de vérités ne furent jamais prononcées. A l'abri d'un parapluie, Norma lut ensuite l'ultime lettre de sa grand-mère adressée à l'île. Un texte nourri de confiance dans les siens. Puis Norma salua le grand amour de la défunte pour un officier allemand pendant l'Occupation, un nazi passionné d'Hitler qui lui avait fait un enfant naturel. Cela fut dit sans manières, comme si reconnaître le pire procurait soulagement et sécurité à la communauté.

Sans doute s'étonnera-t-on, au fil des pages, de la singularité de la famille de Norma. Jusqu'à présent, aucun Diskredapl ne possède de numéro de Sécurité sociale. La plupart s'offusquent à l'idée même d'être assurés. Gens de finances, beaucoup votent à l'extrême gauche, avec le rêve d'être fiscalement anéantis. Et l'on trouve chez Gwen Diskredapl – la défunte – une redoutable machine à laver la vaisselle aménagée par son époux en 1946. L'appareil, antédiluvien, est constitué d'une gigantesque brosse plantée sur un axe vertical, et mue par un moteur de Spitfire abattu juste au-dessus de l'île en 1944, d'où jaillit une eau savonneuse sous pression. Les jours de fête, les « bonnes » en tenue de scaphandrier tiennent les assiettes à bout de bras pour les passer sur la brosse qui manque à chaque tour de les estropier, dans un vacarme d'avion de chasse et au milieu d'une tempête de bulles. Répétons-le ici, les mirobolants m'aimantent. Ils m'apparaissent, dans leur extravagance, comme la promesse d'échapper, par la fantaisie, aux lourdeurs du passé.

Norma et sa joie inconditionnelle existent donc, tout comme Gwen, sa grand-mère, et son père Hippolyte ; même si, pour les besoins du récit et éviter mille procès, je gommerai ou retoucherai certains détails ou la chronologie exacte de ses licences. En allant jusqu'à brouiller certaines pistes. Plein d'événements seront passablement distincts de la réalité. Cependant, il est un point avec lequel je ne finasserai pas : les mœurs de cette famille seront évoquées avec une totale impudeur – puisque Norma incarne à mes yeux l'explosion de la vérité, et le franc plaisir d'opposer une parole libre à tous les cafards du déni.

A chaque fois que j'hésite à voir en face la réalité de ma propre vie – mon surpoids churchillien sur la balance, mes défaillances de père, une vilenie commise par un ami ou bien le solde fondant de mon compte en banque – j'appelle Norma. Elle me redonne aussitôt le courage d'ouvrir grands mes yeux. Sa voix est toujours, comme dans la librairie de Nantes où elle m'a percuté, un souffle charnel, une fraîcheur. Partout où se porte son regard est la profondeur, la jouissance d'être entièrement lucide – car la lucidité seule permet l'action. Mais nous nous voyons rarement. Crainte de succomber à sa présence physique, de m'éprendre un peu trop de son ferme courage ? Et qu'elle devienne, contre mon gré, l'obsession dont je ne saurais plus m'évader ? Je ne le crois pas. Je raffole de ma femme d'exception qui m'apprend tous les jours qu'en amour, il ne s'agit que de naître. J'en suis même fanatique.

Norma est passée dans ma vie tel un météore, en achevant de me transformer. Grâce à son exemple, ma métamorphose a eu lieu. Elle a terminé la mue que j'avais entamée en écrivant mes Gens très bien. *A présent, les dérobades ont cessé de me charmer. A la fin de ce livre, vous verrez jusqu'où la liberté de Norma m'a conduit – ou égaré, diront les grincheux.*

Puisse ce roman d'une victoire âpre, joyeuse et toujours précaire diffuser sur notre continent l'enthousiasme lumineux de Norma. Au diable les peurs qui nous rapetissent ! Pas d'autre solution que de sauter dans le vrai. Joyeux Noël ! Nous serons vieux plus tard…

I
La moustache

Quand on rencontre quelqu'un de vrai, la surprise est telle qu'on se demande si on n'est pas victime d'un éblouissement.

CIORAN

Pas d'angle mort

Tout commença il y a sept ans, par l'une de ces journées inespérées où la vérité saute à la gorge des familles.

Réunis dans la faible lumière du cimetière de l'île de Norma, les Diskredapl étaient, ce matin de janvier 2004, sur le point d'affronter une secousse étrange et rude. Un miraculeux malheur. Le secret de famille qui allait leur être assené face aux îliens était inconciliable avec l'opinion flatteuse qu'ils se faisaient d'eux-mêmes. Aucun ne se sentait capable de l'admettre avec sang-froid. Pourtant, ce clan avait toujours vécu à l'extrême du possible en offrant à l'île sa ration d'imprévu. A chaque génération, les Diskredapl semblaient bien avoir obéi au sens de leur nom.

Sur l'île, on les appelait donc les Impensable. Avec un brin d'ironie et de jalousie dans les cafés du port. Certes, leur légèreté amusait, et leurs ennuis sauvaient de l'ennui. Mais quand il s'agissait de leur liberté, la chicane allait bon train. Les mauvaises langues de l'île se ralliaient, les trinqueurs coïncidaient et les commères y allaient de leur calomnie. A-t-on idée de fréquenter ainsi l'improbable surdosé et de ronger la pomme d'Eve jusqu'au trognon ? Tant que le catholicisme breton aurait assez de souffle pour fustiger, l'île vilipenderait ces désinvoltes.

En épargnant toutefois le vieux Félicien qu'on enterrait ce matin-là, accouplé à la probité – mieux, à la respectabilité. Même si on le savait capable de plaisanteries et de construire des machines déconcertantes. Lui seul paraissait déchiffrable. Aucun looping dans sa biographie insoupçonnable derrière sa rigueur d'allure qui en imposait à tous. Les îliens flairaient bien que le vieil Impensable n'avait pas été un saint de vitrail ni constipé sexuellement ; et que, côté affaires, il s'y connaissait en trapèze volant. Mais comment imaginer cette autorité, d'une générosité indéniable, sur un banc d'infamie ? Trop averti pour faire un prévenu, Félicien avait toujours retoqué la possibilité d'y voir clair dans son passé glorieux. Sur ce rocher, la critique des autres Diskredapl était donc le point d'intersection des indignations. Même si, à force, on avait fini par admirer leur propension à la joie, ou plutôt que l'île eût enfanté pareille famille.

Vivre, pour ces gens-là, c'était exagérer. Et vaincre la normalité, en concassant les habitudes. Peut-être était-ce pour cela qu'ils circulaient pieds nus sur leur île, en été surtout mais aussi en hiver – équipés de sandalettes ou de chaussons –, comme s'ils avaient confondu cette île et leur domicile. De même refusaient-ils de mettre des points sur les i lorsqu'ils envoyaient des cartes postales, pour signifier leur mépris de la clarté. Toutes les formes du discours rationnel étaient à leurs yeux frappées de discrédit – ce qui leur paraissait le début de l'intelligence. Chez ces drilles, on préférait rire à tout-va plutôt que de pratiquer une sévère lucidité. A la fenêtre du vrai, cette famille regardait ailleurs, comme si la fête – l'étourdissante – avait été le moyen de congédier le réel.

Ce jour de janvier 2004, les Diskredapl étaient donc rassemblés sur cette miette de France compliquée de vents. Fidèles à leur tradition, les plus jeunes allaient nu-pieds, en sandales pour la plupart, ou encore munis d'épaisses chaussettes ; mais… sans souliers. Seuls les plus âgés s'autorisaient à porter des bottes en caoutchouc, pourvu qu'ils pussent prétendre, en plaisantant, être pieds nus à l'intérieur. Serrés dans le cimetière marin, tous plaisantaient sous un soleil aux abois. Malgré leur deuil, il émanait d'eux de l'allant. Aucune émotion véritable, qui n'ait été filtrée par leur gaieté de rigueur, ne semblait les atteindre. Nul ne soupçonnait que Félicien Diskredapl, au fond de son cercueil, était en réalité vivant, alors qu'il s'était prétendument noyé et que tous croyaient son cadavre au fond de l'océan. Occupé à respirer grâce à une petite bouteille de plongée logée entre les planches, le défunt les écoutait. Vivre en s'octroyant les libertés du cinéma lui avait toujours paru une option.

De mèche avec son vieil ami Keltoï – l'entrepreneur local de pompes funèbres au physique de druide –, le banquier moribond avait résolu d'assister clandestinement à son enterrement. L'espiègle Félicien entendait profiter de la tradition qui veut que les noyés, nombreux dans ce pays liquide, aient aussi un cercueil, même vide. Pour apaiser les familles, on s'adresse alors à une absence qui prend la forme d'une bière. Prudent, Félicien avait réclamé au fidèle Keltoï sa capsule de cyanure qui datait de son engagement dans la Résistance – au cas où la sensation d'étouffement dans cette boîte serait trop vive. Keltoï (à qui la Gestapo n'avait laissé que trois doigts à la main droite) lui avait cédé sa dose en trinquant. Sacré Félicien ! A la fin des éloges posthumes, le vieil Impensable arracherait son masque à oxygène, bondirait hors du cercueil et recueillerait les applaudissements de l'île ébaubie. Cette mascarade lui avait semblé une manière efficace de lustrer sa légende. Ce coup d'éclat atténuerait peut-être, un jour, des ombres anciennes en lui assurant les sympathies ? Est-on aussi sévère avec un fantaisiste ? Et peut-on, dans l'opinion, être à la fois cocasse et terrible ? Ce souvenir drolatique ferait alors blason et bouclier.

Dans le cimetière, les silhouettes étaient mangées par le brouillard dense. Une ventée glaciale courait sur le glacis du récif au long de cet hiver cognant, exécrable. Des nuages lutteurs s'en allaient cauchemarder dans les lointains. L'île de Norma se présente comme un mince rocher en haute mer, presque un résidu de marée. Nulle falaise pour se barricader contre l'océan, aucun abrupt pour contredire l'hiver. Ce récif n'est que béance. Le suroît (un vent de mauvais augure), cet impalpable retors, brutalisait plus qu'il ne soufflait. Il empoignait l'assistance. On entendait le potin saisonnier du large, l'échevellement des vagues meurtrières au loin et le grondement des rouleaux massifs qui, dans leurs grands élans rauques, tabassaient les grèves. La mer semblait rouler du granit. L'horizon livide et bancal – que l'on apercevait par des déchirures du brouillard – n'était que superposition de lames équinoxiales, cohue de collines glauques, de gerbes d'ombre. Au large, tout était furie, pêle-mêle. Le froid de janvier frappait les nuques et les calvities solennelles des pêcheurs chrétiens. Ici, la dignité des attitudes est fille du catholicisme celte. L'air marin glissait sur les faces cuites, gluant d'odeurs fortes de goémon.

Rétifs au chagrin, les Diskredapl se mirent à rire aux éclats jusqu'à s'en étourdir, tout en malmenant un cantique. Quand ils ne copulaient pas, c'est ainsi que ces animaux de bonheur se délivraient des réalités : en se saoulant d'un étrange rire forcé, presque toussé. L'opinion insulaire, ennemie de l'ostentatoire, n'avait jamais été bien fixée sur le compte de cette tribu, on l'a vu. Les anciens tenaient même le patronyme Diskredapl pour l'une des prononciations du nom de Satan. N'étaient-ils pas animés d'un trop-plein de désirs ? Mais par cela même qu'ils inquiétaient, on les considérait. Sur cette île frugale et égalitaire, nos étranges va-nu-pieds étaient coupables de faste. Dans ces parages, quelle misère de vouloir faire le riche ! Et de disposer d'un pactole difficile à évaluer – une *banque d'affaires*, qu'est-ce au juste ? –, aussi insondable que leurs mœurs.

Mais on leur pardonnait leur prodigalité car l'île, de temps à autre, en avait bénéficié. Félicien, le patriarche que l'on croyait déjà voué aux crabes, n'avait-il pas fait bâtir dans les années trente aux frais de la Diskredapl & Cie les digues robustes qui protégeaient l'île en éparpillant les coups de mer ? En 1949, sa compagnie financière, devenue après guerre l'Impensable S.A., avait remonté à titre gratuit le quai de Penn-Argoat soufflé par la houle. Fin 1953, tracassé par l'obstiné besoin de gagner les faveurs de l'île – ou par philanthropie ? –, le vieux Diskredapl avait payé le nouveau bateau de la Société nationale de Sauvetage en mer. Hippolyte, son fils, de tempérament aussi prodigue, avait fait relever en 1992 l'imposante digue de Treudic jetée à bas un an plus tôt par un coup de folie de l'océan. Toujours à la charge de leur famille, sans que le maire de l'île, Angelin Le Goff, eût rien réclamé. Ces choses-là, essentielles et connues de tous, ainsi que le mécénat constant des sauveteurs, achetaient certaines complaisances ; de là à y voir le signe d'une culpabilité, il y avait un pas que nul ne se serait permis de franchir.

Les îliens consentaient donc à prendre les Diskredapl à la blague, tant que l'aventure de cette lignée ne blessait pas la fierté de l'île.

Le curé acheva l'éloge funèbre de Félicien en rappelant sa bonté à l'égard des plus démunis. Keltoï fut reconnaissant en songeant à son ami qui, entre les planches, n'en perdait pas une miette. Sa vieille trogne mégalithique se fendit d'un léger sourire. La brume s'épaississait, salée, affaiblissant les silhouettes des maisons du port, exténuant le réel. Le recteur, issu de ce petit peuple maritime, connaissait son île. Il n'avait pas eu à l'apprendre. Enigmatique ce matin-là, le père Kersauzon semblait une corpulence juchée sur des jambes grêles. Dans sa prédication inquiète, il laissa entendre que leur récif était aussi découpé dans ses secrets que dans ses rivages et que les familles les plus radieuses, parfois, recèlent de grandes baies mystérieuses, des anses dissimulées. Keltoï se demandait où il voulait en venir. Le vieux prêtre souhaitait-il prendre les devants, et préparer ces esprits clos au choc de l'inattendu ? Qu'il redoutait, car la dispute séculaire de l'île avec l'océan était suffisante pour qu'on n'en rajoutât pas. Et puis la moindre altercation entre habitants, accoutumés à se dérober derrière les mots, pouvait compromettre l'île. L'isolement a de la mémoire. Les filiations s'y obligent à la fidélité du sang. Dans ce minuscule fief de mer, une sorte de salure conserve tout, surtout les rancœurs qui, pour certaines, restent à vif depuis trois siècles. Il ne fallait donc pas provoquer à la légère les orgueils claniques. Le Goff ne l'ignorait pas.

Seigneurial comme son père, Hippolyte avança son corps interminable en boitillant devant le cercueil. Le profil du fils ne ressemblait guère à celui du vieux Diskredapl, rudement celte. Mais fallait-il y songer ? s'avisa le recteur Kersauzon. On admirait plutôt la filiation d'attitude, la similitude des voix bouillantes qui prenaient le cœur. En cet instant, chacun ressentait combien le disparu était surchargé de considération, d'une haute estime qui rejaillissait sur l'île. L'extinction de sa droiture et de son humour affligeait. Remué de chagrin et échappant pour une fois à son asthme, Hippolyte était beau. Chez ce cinquantenaire tignasseux et blond, il y avait l'extase de vivre, l'ivresse de jouir, mais peu d'amour.

Hippolyte avait toujours eu le génie de l'excès. On le surnommait d'ailleurs Trop. Surtout les jours où cet athlète de la finance se jetait dans le tropissime. Sur l'autoroute, dans sa hâte d'exister, il ne roulait jamais à moins de 270 km/h – les jours de grande sérénité. En se masturbant parfois, pour lâcher un peu de pression. Ce qui lui avait valu un accident sévère aux abords de Genève le 4 août 1990, le laissant claudiquant. Un autre accident avait été dû à sa manie de boire son parfum cul sec. Toujours, ce foutraque plein de sève, souvent blâmé par le père Kersauzon, avait su commettre les sottises que réclamait son caractère.

Emu, Hippolyte frotta son nez fin et s'apprêta à prendre la parole, en profitant d'une accalmie des vents hurleurs. Ce rôle lui revenait puisque son grand frère Malo avait, rappelons-le, disparu à la fin de 1961. Avalé comme son père par le tumulte de la Chaussée-de-Locmaria qui, aux équinoxes, se change en une fracassante lessive. La mort bretonne n'en aurait fait qu'une bouchée. La stèle de Malo se dressait près de la tombe de Félicien, également creusée dans le carré des noyés. Sans que l'on sût trop pourquoi, elle n'indiquait pas la date du décès.

Plutôt que de dégainer sa verve, Hippolyte commença son discours par des mots simples et doux. Il fixait des yeux sa mère, qui souriait étrangement. La vieille Gwen avait donné aux siens ce curieux pli de gaieté. Toujours en fête, c'est elle qui leur avait appris à ne jamais prendre l'existence par les épines. Aux siens, Gwen donnait tout, sauf elle-même. A en croire le fameux récit de Norma – « Histoire secrète de ma famille » –, trop de colère fermentait derrière sa mine avenante. Gwen était la femme d'un secret, comme son mari Félicien avait été l'homme d'un mensonge. En cet instant crépusculaire, elle écoutait son fils tout en se laissant submerger par sa foisonnante mémoire.

— Maman ! lança Hippolyte en serrant la main de Marie-Anne. Pour la première fois, papa a capitulé devant la fatalité. Mais il aura eu le tact de se noyer dans la brume de la Chaussée-de-Locmaria le jour même de ta naissance, un 25 décembre. Après soixante ans de fidélité, Félicien attendait ton anniversaire pour lever l'ancre. Dans cet hommage involontaire, votre passion pudique est dite.

Comment Hippolyte, alias Trop, pouvait-il affirmer une chose aussi inexacte alors que, depuis plus de trente ans, Félicien et Gwen prenaient leurs repas derrière des lunettes noires, pour n'échanger aucun regard ? Admirative de son garçon préféré mais non dupe de son personnage, la très vieille dame ne cilla pas. Gwen continua de sourire, tout en demeurant sidérée par le culte qu'Hippolyte vouait à son mari, si rosse avec lui depuis sa naissance.

— Papa ! poursuivit Hippolyte en fixant le cercueil supposément vide de Félicien qui, sous le couvercle de bois, l'écoutait. Ta banque – la nôtre désormais –, fidèle à l'esprit de Népomucène, a toujours été vouée aux projets fous : financement risqué du pont de l'île de Ré qui soude la haute mer au continent, ingénierie financière du viaduc de Millau qui défonce le ciel et de tant d'autres constructions aux allures de défis : autant d'échos terrestres du phare d'Ar-Gwall ! C'est toi qui nous as montré que l'argent fragmente les solides, fait jaillir le pétrole autant que les idées, liquéfie les gaz, fera bientôt alunir des Chinois et viole toutes les règles. Tu nous as appris à chercher sans cesse une brèche dans le réel. Les autres directions sont notre ADN, papa. Tu nous as enseigné que du tout est possible au tout est permis, il n'y a qu'un pas… qu'il faut sans cesse franchir ! Pour ne pas mourir avant la mort.

Songeant à Félicien tapi dans sa boîte, le vieux Keltoï sourit de sa vieille bouche qui formait une manière de plaie.

Edern et Gwenaëlle opinèrent à leur tour. Dans cette famille projetée en tous sens, il était interdit de croupir dans les mollesses d'une vie dolente. Le frère et la sœur, ex-amants rappelons-le, n'avaient donc pas bâillé leur existence maritale. Mariée à l'ardent Markus, Gwenaëlle subissait ses assiduités quotidiennes. Sexuellement omnivore, Zinzin, lui, vivait comme on s'éparpille. Possédé par une formidable avidité, cet élu de la République dégustait le genre humain sans chipoter. Il essayait même parfois, disait-on, certaines bizarreries libidinales qui font peur à la loi. Toute créature qui le tentait, il la sollicitait. Le néant moral, il s'y sentait chez lui. Mais Zinzin ne voyait aucun enfer dans le carrousel de ses licences qu'il nommait des libertés.

L'amour sans pondération était donc le point d'appui des Diskredapl. Tout en se distribuant les rôles : Hippolyte se goinfrait de conquêtes, Zinzin pratiquait une sexualité diversifiée, Gwenaëlle s'obstinait à paraître vierge et Casimir – le petit dernier de Gwen – était mordu de fidélité, moins par passion que par réaction.

Tandis que la brume s'épaississait, rognant le dessin de tout, Hippolyte termina enfin l'éloge de Félicien que le vieux Keltoï trouva un peu long. Dans son cercueil, son ami farceur disposait-il encore d'assez d'oxygène ? Le brouillard de janvier était désormais si dense qu'en tendant les bras, on ne voyait plus ses mains. Les silhouettes recueillies s'évanouissaient. Prenant son élan, comme si le plus difficile – ou le plus beau ? – était encore à prononcer, Hippolyte lança :

— Papa, tu resteras comme tous les hommes de l'île de votre génération un Français Libre, l'un de ceux qui osèrent dire non à Hitler !

— Non, pas du tout, rectifia la voix fluette de la fille aînée d'Hippolyte avec un ton de défi.

— Pas du tout quoi ? s'enquit quelqu'un.

— Félicien a toujours admiré Hitler, précisa Norma dans la brume. Il en raffolait.

Ce nom de fer, gigantesque – Hitler –, sonnait comme une anomalie, un mot excessif dans cette famille habituée à se gausser de tout et à mâcher des termes rigolos. Hitler s'invitant chez les aimables Diskredapl, c'était le diable dans un film de Walt Disney ou Landru déboulant à Broadway.

A trente-quatre ans, Norma était déjà ce qui sidère toutes les époques : la grande liberté. Une cousine de la lumière. L'adresse de la franchise.

Un silence d'une qualité inouïe se fit. Norma naissait à elle-même.

— Oui, notre Félicien raffolait d'Hitler, poursuivit-elle à l'abri du brouillard, à un point tel que cela se voyait sur sa figure. Avez-vous noté que la moustache de grand-père était identique à celle du Führer ?

Le Führer maintenant… Ce mot cinglant, obscène, flottait dans l'air, en apesanteur. Norma continua :

— C'est en rentrant d'un voyage d'affaires à Nuremberg, en 1935, qu'il l'avait laissée pousser, cette moustache qu'il a toujours retaillée. La fascination de Félicien pour la joie du nazisme se voyait… comme une moustache au milieu du visage ! Tous, nous pouvions constater cet aveu silencieux mais nous feignions de l'ignorer. En nous figurant, bêtement, qu'un admirateur d'Hitler ne pouvait pas être un bon vivant plein d'humour. Pourquoi avons-nous accepté cet aveuglement étrange jusqu'à aujourd'hui ? Ce jeu fou qui est devenu notre manière de vivre ensemble… Voir sans voir.

Déquillée, la petite foule tanguait. L'énormité des paroles était telle que personne ne savait comment riposter. Norma avait éclairé l'évidence sous un jour imprévu, qui sabordait le statu quo de la famille. Kel-toï faillit s'évanouir en songeant à Félicien. Son vieux camarade de pêche avait toujours affirmé que cette petite-fille-là, si critique dans ses opinions, c'était la dépréciation de tout. La chicane sous un chignon. L'horripilante manie de penser que ce qui est exact est forcément occulté. Une fieffée emmerdeuse en somme. Le père Kersauzon, d'habitude si disert, ne savait que rétorquer. Soudain, la vie ne se ressemblait plus.

En décapant la légende, la fille aînée d'Hippolyte venait de donner la main à l'ange du vrai.

Evoquer l'amour pour les garçons de l'ancêtre Népomucène n'eût pas moins jeté dans la sidération. Chacun s'interrogeait. Norma délirait-elle, animée par sa rage destructive, ou venait-elle de dire la simple vérité en montrant qu'une partie visible de leur existence était bien dérobée à leurs regards ? Il semblait insensé de saccager la mémoire de l'homme le plus généreux de l'île, très installé dans la considération de tous. Qui, ici, n'avait bénéficié de l'écoute de Félicien Diskredapl, de son soutien moral ou financier ? N'était-il pas la probité même ?

Norma eut le courage de conclure :

— Si ce qui est le plus manifeste a été nié, combien d'autres choses avons-nous été capables de refouler ? Autrefois et aujourd'hui !

Les tics nerveux de Zinzin cessèrent net. Gwen resta muette, le regard dilaté. Giflée par le vent qui administrait ses fortes claques, l'assistance frémissait d'émotion. La mer, au loin, bousculait les grèves. Sa longue fréquentation de Félicien portait Keltoï à croire que Norma débloquait. Le père Kersauzon serrait désespérément sa vieille bible maculée de traces de chopes de bière. Qu'allait-on devenir si de pareilles affirmations demeuraient sans riposte ? Dans les lointains, un orage de combat préparait ses assauts. Sans répondre à Norma – ce qui eût signifié qu'elle avait été entendue et eût raffermi ses dires –, la voix d'Hippolyte répéta en direction de la tombe :

— Tu resteras pour toujours l'homme de la Résistance qui osa dire non à Hitler et qui, au péril de sa vie, transmit aux Alliés une bonne part des plans du mur de l'Atlantique en ayant l'air de travailler pour l'Allemagne. Sans toi, papa, sans ton habile double jeu financier, le débarquement en Normandie aurait échoué. Comme chaque homme ici de ta génération, tu as couru des risques ! Aujourd'hui, tu as droit à ta part de fierté. Face à ton île.

Keltoï respira. Le prêtre aussi.

Hippolyte avait parlé avec fermeté.

Un nouveau silence enveloppa alors l'assistance éparpillée. Brûlante d'émoi, Norma n'avait pas conscience d'enregistrer toutes ses sensations. Comment aurait-elle soupçonné que cette scène cruciale, elle la revivrait dix fois, chaque fois dans une lumière différente, et sous un angle inédit ? Elle n'était occupée qu'à inhaler cet instant irrévocable. Avec la fascinante impression que tout était vrai, que tout était exagérément réel. Elle, le cimetière embué, les réactions abasourdies de chacun, le tam-tam de son trouble qui cognait à ses tempes.

Hippolyte ne pouvait envisager qu'on saccageât l'honneur de son nom qui était tout pour lui. Suffoquant, cet insulaire dans l'âme ne voyait même pas comment penser l'idée d'une trahison publique de son père. Mais l'héritier des Diskredapl avait beau se cramponner à ce qu'il venait d'affirmer haut et fort dans la bourrasque, la possibilité d'ignorer la nouvelle interprétation de la moustache de Félicien venait de s'éteindre. La vieille plaisanterie selon laquelle cette moustache courte n'avait été qu'une manière d'en refuser le monopole à Hitler ne tenait plus. Hippolyte le sentait bien. L'argument ne ferait plus jamais sourire. Jusqu'à cet instant, aucun Diskredapl ne s'était autorisé à faire le lien entre ce ticket de métro logé sous le nez de Félicien et son voyage à la grand-messe nazie de Nuremberg. Ces poils taillés en carré devaient être trop visibles pour avoir été perçus. Sans doute étaient-ils teintés d'une signification trop éloignée du tempérament jovial et farceur de Félicien. Un nazi ne devait-il pas être contraint dans ses attitudes et empreint d'un minimum de rigidité intellectuelle ou affective ? D'un coup, les paroles de Norma venaient de mettre à nu la passion des Diskredapl pour quiconque s'aventure sur la route excitante de l'inimaginable, fût-ce pour des motifs funestes. L'immense voile de la cécité familiale était sur le point de se détricoter – toujours appliqué à des secrets aussi affichés que cette foutue moustache. Si l'on tenait pour exacte l'affirmation de Norma…

Saisi de vertige et d'une gêne respiratoire – sans doute infime au regard de celle qui devait étouffer

Félicien, songea Keltoï –, Hippolyte eut le sentiment que son pire rêve prenait corps. Dans ce cauchemar récurrent, une sorte d'apocalypse tranquille qui hantait ses nuits depuis un quart de siècle, le robinet des révélations claniques s'ouvrait d'un coup. Les moustaches étaient dénoncées, les murmures familiaux hurlés, l'escamoté recraché. L'égout du clan crevait à ciel ouvert, sans que personne en jugule le flot. Et l'on découvrait son autre visage, sa funeste complexité. Devant l'irrespirable, l'asthme d'Hippolyte se réveilla.

A l'abri du brouillard, Norma continua sur un ton qui trahissait une forme de joie fiévreuse à mettre en évidence ce qui s'était donné à voir et qu'on avait jusque-là refusé :

— Félicien n'a pu transmettre les plans des bunkers au gouvernement de Londres, s'il l'a jamais fait, que parce que sa banque, la nôtre, a bien assuré le financement d'une partie du mur de l'Atlantique. Oui, Félicien a contribué à séquestrer la France. En réalisant d'incroyables bénéfices dont nous allons tous hériter. Mais le plus jouissif pour lui – et juteux – fut sans doute de spéculer sur le quartier juif de Marseille, « libéré » de ses occupants en 43 par la Gestapo et la police française, puis réhabilité par la Diskredapl & Cie. J'ai trouvé il y a peu des documents de police que je tiens pour des preuves de la manière astucieuse avec laquelle il s'est goinfré. Il y est fait mention de la satisfaction de Félicien, qui fêtait dignement la déportation de chaque famille juive en sablant le champagne – du Dom Pérignon, s'il vous plaît ! Ces procès-verbaux sidérants, si peu conformes à ce que nous connaissons de son personnage de papa-gâteau, je les ai apportés ici parce que je vous aime, parce que je vous crois assez forts pour y faire face. Et avec l'espoir de rétablir la confiance entre nous sur des bases fiables. Loin de toute idéalisation. Nous aimerions tous que la totalité des hommes de l'île aient répondu à l'appel du 18 juin, se précipitant sur nos bateaux pour rejoindre de Gaulle, comme les hommes de Sein ; mais notre délicieux Félicien, lui, ne fut pas de cet élan. Il avait la tripe vichyste, fasciste. L'effondrement de 40 l'a obscurément satisfait. C'est malheureusement pour cela que la Diskredapl & Cie est devenue après guerre l'Impensable S.S., pardon S.A., et que son siège se trouve aujourd'hui à Genève. Entendez-moi et entendez-le comme vous le pourrez !

Et dire que Félicien vient d'entendre cela… pensa Keltoï tétanisé. Vieux résistant qui avait gémi et tenu sous la torture, l'estropié n'avait jamais cru ce genre d'insinuations. Son patriotisme local ne pouvait tolérer cette idée. Et puis il connaissait Félicien pour avoir posé des casiers avec lui pendant des décennies en vidant des bouteilles, dans l'intimité du grand large où les hommes se révèlent plus qu'à terre. Même son prénom guilleret le prédestinait à la frivolité, pas à la collaboration ! Tout cela passait l'entendement.

Comment imaginer que le mal radical pût jaillir d'un cœur franc, de l'âme d'un patriarche doté d'un sens supérieur de la responsabilité ? Si Félicien avait failli à ce point, en demeurant une sorte d'hitlérien subreptice, comment pouvaient-ils les uns et les autres croire encore en quoi que ce fût ? Une panique s'empara de tous. Chacun ici s'était, à un moment ou à un autre, identifié à Félicien Diskredapl et à ses qualités éclatantes. Que Norma aille entretenir ailleurs ses démangeaisons de saboteuse !

Keltoï n'osait pas bouger ni révéler que le grand Félicien était là, bien vivant dans la fosse, au premier rang du spectacle. Son ami lui avait intimé l'ordre de se taire tant qu'il n'ouvrirait pas son cercueil.

Pourquoi le père Kersauzon restait-il muet ? Qu'avait-il lui aussi à se faire pardonner ?

Gwen était abasourdie : comment sa petite-fille avait-elle eu connaissance des voleries spéculatives du quartier juif de Marseille, une affaire publique certes, mais si remarquablement maquillée ? se demanda-t-elle. Pour la première fois, la joyeuse vieille dame n'osa pas plaisanter. Les règles familiales venaient d'être déchirées.

La brume en fit autant. Norma apparut, bouleversée et bouleversante de beauté. Sous un chignon qui soulignait sa nuque parfaite, ses traits touchaient au miracle. La grâce trônait sur son visage. Chacun eut à faire face au malaise des autres. Les pures affabulations, même odieuses, ne jettent pas dans pareil trouble. La vivacité de l'émotion générale indiquait que les propos de Norma avaient tapé au ventre. Précipités dans des pulsations inconnues, les Diskredapl se dévisageaient. Etait-il concevable d'exprimer une telle version du passé ? Pourtant, la fille d'Hippolyte s'était contentée de formuler ce que tous auraient pu deviner – sauf le détail pénible du Dom Pérignon – et que beaucoup pressentaient sans vouloir y croire. N'y avait-il pas dans le grenier de Gwen d'innombrables plans de blockhaus allemands, rangés avec soin dans des cartons ? Quel enfant de l'île n'avait pas joué avec ces plans ? Tous se trouvaient logés dans des dossiers de financement de la Diskredapl & Cie et portaient le sceau de ses services techniques établis pendant la guerre à… Frankfurt am Main. Les deux sœurs jumelles, Marie-Anne et Marie-Ange – épouses d'Hippolyte et de Zinzin –, demeuraient blêmes, pour un motif secret qu'elles partageaient avec Norma et qu'elles n'avaient évoqué qu'une seule fois, furtivement, au fond de l'une de leurs boutiques. Un soir d'ivresse. Leur nièce, Norma, avait beau avoir évoqué son amour pour les siens, elle venait de leur jeter un baquet d'acide à la face. Même Colombine, la sœur émaciée de Norma, avait les yeux en fuite. Quant à leur mère, Marie-Anne, elle paraissait engourdie d'émotion, incapable de crever d'un coup la baudruche d'un tel non-dit. S'il était avéré…

L'inquiétude était d'autant plus électrique autour de la tombe de Félicien que chacun soupçonnait la possibilité d'une culpabilité générale. Qu'avaient donc accompli les uns et les autres pour ne pas être jugés dignes de détenir ces secrets-là ? L'île aurait-elle fait jadis quelque chose de si honteux qu'on estimât nécessaire de lui dissimuler la vérité ? Le père Kersauzon, réceptacle de toutes les confessions, ne le savait que trop. Songeait-il à son propre cas ? Jamais, même au confessionnal, il ne se serait permis de désembuer ainsi son champ de vision ou celui de ses ouailles.

Seul Yann, le pêcheur, adressa un sourire à Norma, avec une chaleur qui venait du fond du passé. Devant elle, ses pupilles trop bleues vivaient, alors qu'on lui connaissait d'ordinaire un abord sauvage. Jadis, une passion leur était arrivée, portée par des baisers de vingt minutes faisant couler un plaisir fou entre leurs lèvres. Yann avait adoré que Norma eût la bonne idée d'être libre. Le vertige des corps, ils l'avaient connu : debout, sur des tables, à fond de cale ! Ces deux-là s'étaient aimés comme on part en vacances puis promis mariage en riant. Mais Norma avait voulu davantage de liberté loin de l'île, et lui – presque entièrement breton – la mer libre. Le contretemps de leurs destinées avait empêché que l'intrigue fleurisse. La différence d'âge avait compté. Et puis, le mot amour était trop grave pour Norma. Elle lui avait toujours préféré celui, moins blessant, de liaison. Contracter la rebutait. Les vacances prévues de longue date la navraient. Dommage que le pêcheur fût si pressé de s'engager. Passant ses journées dans le risque à pêcher le bar, au sein du tumulte qui vit au pied des grands phares, Yann Kermarec avait le masque de la mer. Ce géant appartenait au vent, au grand corps de l'océan. Tout en lui disait la décision. Songeant toujours à Norma, le pêcheur était resté chiche de ses baisers. L'aventure de la durée ressemblait à cet homme. Attendre longtemps cette femme avait fait de lui un paquet de détermination.

Silencieuse et froncée devant le cercueil, la vieille Gwen n'épousait ni la stupeur de son clan ni les doutes auxquels les siens se raccrochaient. A mille lieues de se douter que Félicien vivait encore, terré dans sa boîte – et sans doute transpercé d'effroi –, Gwen se reconnaissait dans le courage de Norma. Elle admirait sa petite-fille favorite d'avoir défié sa famille. Norma savait qu'au même âge, à trente-trois ans, Gwen avait affronté Félicien en lui parlant ouvertement de ce qu'elle avait appris par leur fils aîné, Malo. Découvrant par hasard le vieux passé de son père en remuant les archives de leur banque familiale, Malo avait préféré rompre avec un clan infecté de tricheries. Il avait quitté l'île. Elevé dans le mythe des îliens accourus en Angleterre pour rejoindre la France Libre, le jeune homme n'avait pas voulu recroiser son géniteur ni entendre ses justifications scélérates. La moustache lui suffisait. Malo avait décampé sur un voilier. Norma savait tout cela.

Percé à jour, Félicien avait alors déclaré à Gwen sur un ton sans contredit : « On dira que Malo se sera tué dans la Chaussée-de-Locmaria. Les îliens ont toujours fait de bons noyés. Et nous n'y penserons plus. Que la fête continue ! » La parole de l'autocrate avait prévalu – sauf pour ce qui était de ne plus y songer. Chez les Diskredapl, la vérité est une faute qui valait effacement de l'arbre généalogique.

Voilà ce que Gwen tenterait, plus tard, d'expliquer au commissaire Kermeur lorsqu'il entamerait son enquête sur la disparition de Malo et sur la mort inconcevable de son autre enfant. En se demandant toujours si Félicien, aussi sanguin qu'Hippolyte, avait laissé la vie sauve à Malo. Pour gagner une précieuse immunité, au moment du grand hallali collabo de la Libération, le délicat Félicien n'avait-il pas tondu deux femmes, à Quimper ?

Dans la brume du cimetière, les îliens demeuraient à la lisière de la panique. Devaient-ils divorcer de cette famille par qui le déshonneur s'abattait sur l'île ? Ou faire taire à toute force Norma en la remettant dans le prochain bateau ? Le père Kersauzon hésitait, le maire également. On savait que la fille aînée d'Hippolyte avait eu autrefois un esprit instable. Ne pouvait-on pas lui rappeler qu'elle avait été, dans sa prime jeunesse, bien près de la folie puisque Hippolyte l'avait expédiée à plusieurs reprises dans une clinique ? N'était-ce pas suffisant pour la disqualifier ? La plupart savaient que Norma avait sans doute dit vrai, sans s'avouer cependant qu'ils le savaient. Sur le port, on participait d'enthousiasme au culte de la mémoire résistante qui avait lavé l'île d'une réputation ancienne de sauvagerie, voire de naufrageurs. On s'était toujours arrangé pour ne pas arrêter sa pensée sur la jeunesse devinée du banquier. L'honneur de l'île était en jeu. La guerre, il fallait que tout le monde ait eu la formidable chance de l'avoir faite de la même manière. Et que personne ne se permît jamais de parler contre l'île ! Même les vieux Français Libres, poudrés de gloire mais bretons avant tout, avaient préféré fermer les yeux. Orgueil oblige.

On se tourna vers Hippolyte, à qui revenait le devoir de défendre la figure du patriarche. Il devait oublier que l'accusatrice était sa propre fille, cette fouille-merde qui jouissait trop des hommes et dont le ventre semblait à tous un cimetière, puisqu'à trente-quatre ans Norma refusait de procréer. Il devait écraser la jolie tête de celle qui osait mordre les siens.

Mais il y avait autre chose, plus obscur encore : l'ardent besoin des îliens de rabattre le caquet de la fille aînée d'Hippolyte. Si l'on commençait à ouvrir le coffre clos des vérités insulaires, où s'arrêterait-on ? Les hommes de l'île avaient certes répondu à l'appel du général de Gaulle le 18 juin 1940 – comme les impeccables Sénans –, mais les femmes conservaient, elles, un tout autre souvenir de cette migration héroïque. Leurs maris, frères et pères ne les avaient-ils pas abandonnées face à la garnison allemande établie dans l'île ? En les livrant pendant quatre longues années aux appétits de jeunes gaillards ? L'envers de la gloire des hommes servant à Londres le connétable de France qui gouvernait le chaos, c'était les viols des femmes de l'île. Pour préserver l'honneur de leur clan, elles avaient dû la boucler à la Libération, en cachant ce lot de grossesses. Nombreuses étaient les familles qui avaient dû gommer les avortements furtifs, fatals à certaines, qui, sur cette terre diablement catholique, avaient valu à la fois honte et désarroi spirituel. Sans compter les amours consenties avec l'occupant et les naissances *bâtardes* sur lesquelles il avait fallu jeter un édredon de silence. Ah, les têtes blondes avaient pullulé ! Tout cela, et bien d'autres choses, les îliens le savaient dans la pénombre, à travers le miroir dépoli du déni. Les lèvres des familles devaient donc rester cousues.

Perdu, Hippolyte regardait sa fille tant aimée de l'autre côté de la fosse. Avec le désir de la noyer. Le fils de Félicien ignorait encore que sa mère connaissait toute la vérité sur son mari depuis la disparition de Malo. Quant à sa femme Marie-Anne, hésitant entre la perte de connaissance et la crise de nerfs, elle ne lui serait d'aucun soutien. Hippolyte sentait l'attente des îliens au bord de la colère, leur espoir qu'il rappellerait le passé psychiatrique de Norma, sa propension avérée au haut délire. Avalé par sa prière, le père Kersauzon ne lui manifestait guère d'aide.

Incapable de ressentir son propre désarroi et surtout de se figurer devant tous l'inimaginable, Hippolyte eut la plus cruelle des réponses : il ignora son enfant et la tint ouvertement pour transparente. Le sourire aux lèvres, il poursuivit son éloge de Félicien, de sa gentillesse incontestable, comme si les paroles de Norma, proférées dans la brume, s'étaient évaporées.

Invisible, sa fille devenait inaudible.

Chacun en fut si soulagé que tous imitèrent Hippolyte. La belle Norma n'existait plus, voilà tout. Hippolyte avait-il redouté qu'en entrouvrant le passé de son père, on finît par découvrir le sien ? Ou avait-il été terrifié par le réveil de sa ténébreuse violence, digne d'un saurien ? On négligea donc sa fille aînée. Même la mère de Norma, Marie-Anne, lui refusa la bouée d'un regard. Le curé, soucieux de l'unité de son récif, bénit cette esquive. Seul comptait l'idéal, la légende impossible à écailler. Rasséréné d'être tacitement approuvé, Hippolyte bloqua sa montée d'asthme.

Mais cette surdité voisine du délire réveilla aussitôt l'asthme de Norma. Seule devant la tombe de Félicien, désavouée par l'île et par ses propres parents, elle posa sur l'assistance un regard asphyxié.

L'île comptait sur le silence pour dissoudre ce qu'on avait entendu. Solidaire dans l'aveuglement, sa petite sœur de dix-sept ans suivit le mouvement vers les quais, la nuque basse. Comment la diaphane Colombine aurait-elle eu ce courage-là ? Emaciée, désunie, elle était translucide, comme un souvenir estompé.

Mais l'attitude énigmatique de Gwen – qui n'avait pas levé un sourcil pour défendre sa petite-fille – choqua plus encore Norma. Elle savait que sa grand-mère connaissait par le détail les crapuleries de son mari depuis l'hiver 1961. Peu avant qu'on eût déclaré Félicien noyé, Norma avait reçu de Gwen une lettre franche qui n'était pas pour elle. Une lettre adressée à sa tante Gwenaëlle mais glissée par erreur dans une enveloppe libellée à son nom et à son adresse. Gwenaëlle avait dû recevoir de son côté, dans la bonne enveloppe, le courrier qui lui était destiné. Norma ne s'était aperçue de la méprise qu'en cours de lecture.

Dans cette longue confession, si éloignée de ses façons arrondies, Gwen soulageait son cœur en révélant à son unique fille, Gwenaëlle, toutes les ignominies commises par son époux pendant la guerre – horreurs qu'elle disait avoir bien du mal à faire coïncider avec la bonté manifeste de Félicien. Atrocités qu'elle voulait continuer à taire pour préserver l'unité de la famille, avait-elle insisté. Pourtant, Gwen avait interverti les enveloppes… Cet acte manqué – réussi ? – avait aussitôt conduit Norma, journaliste fouinarde (ce que savait Gwen), à vérifier ses assertions en consultant des archives accessibles mais négligées jusque-là. Hélas, tout avait semblé se recouper, sans qu'elle en parlât à sa grand-mère – puisque Norma n'était pas supposée avoir reçu cette lettre.

Norma demeurait saisie que sa tendre aïeule l'eût abandonnée ainsi, feignant elle aussi la surprise. Elle qui avait eu jadis le cran d'affronter l'autorité de Félicien, cette falaise de respectabilité, d'orgueil et d'aplomb ! Gwen redoutait-elle à ce point l'éclatement de leur tribu ? Une part d'elle-même se refusait-elle encore à accepter ce que son mari avait été ? Ou craignait-elle un débordement physique d'Hippolyte qui, lorsque la rage l'allumait, mutait rustique ?

Dans le Raz-de-Locmaria moutonneux, les armées blanches de la tempête se mobilisaient. Les rares navires encore en mer, filant au loin, regagnaient leur atterrage sur la pointe bouillonnante du Finistère. Les hommes désertaient les flots, abandonnaient l'Iroise. En plein midi, tout était noir ou gris. Pléthore de rafales. Camaïeu d'ombres. La houle hirsute bousculait les grèves de l'île, massacrait son estran, la zone inondable, tandis que d'hallucinantes blancheurs criblaient la pointe du Raz.

Keltoï se demandait pourquoi Félicien n'ouvrait toujours pas son cercueil et s'il le ferait jamais.

Les Diskredapl s'en allèrent tous, sans chaussures pour les plus jeunes.

Yann posa sa main chaude sur l'épaule de Norma :

— Pourquoi as-tu parlé ? Aujourd'hui ?

— Colombine… murmura Norma la gorge nouée.

— Ta sœur ?

— Elle n'est pas maigre mais anorexique.

— Et alors ?

— Colombine meurt et nous ne la voyons pas mourir. Même notre mère, qui a pourtant été anorexique autrefois !

— Et alors ? répéta le pêcheur.

— Si nous ne nous regardons pas tels que nous sommes, nous finirons tous par rejoindre Félicien ou par tourner dingues. Comme mes cousines… Nous devons gagner le droit de voir, d'entendre et de ressentir la vérité. Sinon, nous détruirons nos perceptions et nos enfants.

— Tu as des enfants ? frissonna Yann.

— Un jour, plus tard… répondit Norma en le dévisageant. Et puis, il y a ceux des autres, mon neveu, mes cousins. Ils ne doivent pas hériter de ce silence.

— Tu t'attendais à quoi ?

— Je croyais que Gwen me soutiendrait, souffla-t-elle.

Yann eut un sourire. Norma songea que les horreurs transmises ébranlent sans doute davantage que celles vécues directement. Puis, sentant la colère monter, elle poursuivit :

— Je croyais qu'un sursaut est toujours possible, qu'on peut se battre pour être plus conscient, et moins seul.

— Seul ?

— Isolé dans nos secrets.

— Va sur le port. Ils sont chez Maëlle. Et ne lâche rien. Bats-toi !

Norma et Yann s'éloignèrent à leur tour.

Keltoï sauta dans la fosse humide auprès du cercueil, avant que les fossoyeurs ne terminent leur office. Affolé, il cogna à plusieurs reprises sur le couvercle avec l'un des trois doigts de sa main suppliciée.

— Félicien ! murmura-t-il. C'est moi… Félicien !

Aucune réponse ne sortit de la boîte en chêne.

Keltoï l'ouvrit et découvrit alors le corps de Félicien, la bouche immobile, tordue comme un sarment. L'ampoule de cyanure était brisée entre ses lèvres. Découronné, le vieil Impensable avait choisi de ne pas reparaître. Les paroles de Norma l'avaient flagellé et exécuté dans son propre cercueil. Certaines comparutions devant les tribunaux intimes sont sans appel. Le vieux résistant comprit aussitôt, avec désarroi, que la fille d'Hippolyte avait dit vrai. Pendant qu'à Londres martyrisée ou dans les maquis français le niveau de mort des îliens n'avait pas baissé, le niveau de vie de Félicien, lui, avait sérieusement augmenté. Effrayé par cet aveu et par le spectacle de cette dépouille convulsée, Keltoï referma le couvercle. Livide, il se jura de ne jamais avouer la fin réelle de Félicien Diskredapl.

L'infarctus familial différé

Chez Maëlle, l'un des sept bistrots du port, un alignement de verres vides trônait sur le zinc. Maëlle était depuis toujours une des oreilles les mieux renseignées de la communauté, du fait de sa jeunesse aux PTT. Jusqu'en 1975, Maëlle avait été la téléphoniste de l'île. A l'époque, elle branchait manuellement les communications, en épiant dans son écouteur en bakélite ce qui se tramait sur les lignes. Alors des secrets de famille, elle en avait surpris, des anciens, des recuits, des cuits à l'étouffée, des ravissants même… En se la bouclant toujours, pour qu'on ne soupçonnât pas à quel point elle en savait long – sans doute davantage que le père Kersauzon lui-même. D'où ses yeux vides derrière son comptoir, ou plutôt de vivarium d'où pouvait jaillir à tout instant un serpent.

Les Diskredapl étaient blottis devant le zinc. On les sentait transis au milieu d'une multitude de clients rubiconds, affairés à rire pour ne surtout pas réfléchir. Certains dansaient sur les tables du devant. Hippolyte marchait sur les mains, en équilibre sur le bar, sans renverser un seul verre. On l'applaudissait en s'adossant aux vieilles cartes qui ornaient les murs. L'héritier en titre de Félicien avait besoin de voir le monde à l'envers. Et de se remplir la tête de sang lourd. L'air sentait le tabac et le goémon âcre. Kersauzon s'était éclipsé et Gwen s'était fait raccompagner chez elle, juste en face de l'église, par sa fille Gwenaëlle et par Marie-Anne, la mère de Norma. Ne sachant trop comment réagir, la veuve de Félicien avait préféré s'isoler avec ses confidentes. Gwen avait senti Marie-Anne sur le point de craquer, comme s'effondre un orage sur la mer.

Hippolyte sauta sur le sol tandis que Zinzin, en sueur d'avoir trop dansé, parlait politique. Goguenard, il commentait l'usure des ministres du moment et disposait sur le sujet des finances de sa région d'un lot de mensonges invérifiables qu'il débitait devant Maëlle. Son grand truc était de toujours dire une chose et son contraire dans la même phrase. On riait devant le zinc, comme s'il avait fallu à n'importe quel prix se nettoyer de la gravité qui venait de tomber sur les nuques.

Dehors, les quais étaient déserts. Cette île sauvage n'est pas de ces coins du globe agités de commerce. La vie sociale ne se monnaye pas. On s'y contente de respirer le large iodé pour tromper la longueur des journées froides et le rude loisir qu'elles infligent. La laisse de marée montait déjà à l'assaut des grèves. Une cavalerie de vagues mauvaises fonçaient vers le port en norias, faisant trembler les maisons de façade. Certaines, venant du Pont-de-Locmaria, broyaient les récifs sur leur passage. Elles roulaient des cylindres rugissants qui dévoraient les quais et, par instants, commençaient à pénétrer dans l'orée des rues et à cogner la porte du café. Des gifles de vent claquaient les quais à chaque retirée des eaux noires. Le baromètre était décourageant. Il éloignait l'île du continent. Au large, tout était paroxysme, oscillations improbables et froidure saline.

Norma pénétra dans le café avec la clameur de l'océan qui bastonnait les grandes digues. Crèveraient-elles encore, comme en 1990, sous les coups des lames qui se dressaient, redoutables ? Les Diskredapl en assumeraient-ils de nouveau la réparation ? Elle toussa.

On cessa de danser.

Au zinc, personne ne se retourna.

Un enfant péta.

Norma se souvint de ces dos immobiles et clos lorsque la police l'interrogea par la suite. Ce qu'elle était en train de vivre serait alors décomposé en images, en sons détachés, passés à la loupe judiciaire, non seulement par le commissaire Kermeur mais par elle-même. Pour l'instant, encore loin de faire face à cet homme séduisant, Norma se confrontait à l'inconduite des siens, occupés à se filouter eux-mêmes. Et à récuser l'évidence : Norma était bien là dans le bar et elle avait parlé sans filtre au cimetière, avec autant d'affection que de rudesse.

Dans le port où le jusant brassait les flots gluants, il pleuvait dru. L'inadmissible vérité, collante, poursuivait les fuyards jusque dans ce café aux vitres embuées. Une vérité malsonnante qui mettait mal à l'aise même ceux des danseurs qui auraient été prêts à consulter les archives dont elle avait parlé. Avec son passé, Norma souffrait d'un cruel manque de crédibilité qui légitimait bien des doutes. De surcroît, chacun restait troublé que cet accès tardif de lucidité fût venu d'un caractère aussi chaleureux. Norma n'était pas l'artificière par qui une nouvelle aussi explosive aurait dû éclater, même si on la savait tatillonne sur l'exactitude. A peine lui connaissait-on le talent de désobéir. Et puis, n'avait-elle pas tiré un bizarre plaisir de son aveu ? Ce qui froissait les consciences.

— Pourquoi ce jour-là vous êtes-vous mise à dire la vérité ?

La question lui sera posée par le commissaire Loïc Kermeur. Un flic quimpérois qui semblait domicilié dans un vieux ciré. Son aptitude à toiser les réalités comme sur une table d'autopsie le rendait déroutant. Norma lui répondit :

— Pour ne pas finir dingue, comme mes cousines, les filles de Gwenaëlle. Et comme l'aînée de Zinzin, mon oncle. Le déni, ça rend folle, monsieur le commissaire.

Face aux verres alignés, Hippolyte ne bougeait pas, reniant plus que jamais sa fille aînée de toute son autorité silencieuse. Spectacle irréel d'un père fermé à la compassion. Tandis que continuait la musique festive, l'infanterie des buveurs réglait son attitude sur celle de son chef Hippolyte. Une bagarre allait-elle s'engager ? Entre celle qui croyait encore à la communication dans sa famille et l'héritier qui, fidèle à son père truqueur, refusait le nouveau départ – casse-gueule – qu'elle proposait.

La tenancière commença à servir. D'instinct, sans même croiser le regard d'Hippolyte, Maëlle se garda de remplir le ballon devant lequel Norma s'était placée en déposant son paquet d'archives sur le zinc. Maëlle se conduisait toujours en accord avec les désirs silencieux de l'île. Se tenant droit malgré le mépris ambiant, la fille d'Hippolyte avait espéré que l'alcool lui donnerait du courage pour reprendre la parole et arracher enfin les siens à leur maudite cécité.

Sans daigner jeter un œil aux archives étalées, les Diskredapl et l'assistance saisirent les verres pleins, les choquèrent dans des bruits virils, suivis du tap de la grande reposée commune. Hippolyte cita un bon mot de Félicien qui déclencha un fou rire inespéré – rire, c'est demander d'un coup à la gaieté l'apaisement que le temps ne délivre qu'au compte-gouttes. Il fallait rappeler aux îliens que la famille Diskredapl resterait à jamais une joie. Et non une porte ouverte sur le nauséabond. Pas demain la veille qu'on s'enliserait avec eux dans la maussaderie ! Qu'on attraperait la gravité ! Alors que par l'humour, ce clan triomphait des faits.

En bout de zinc, Norma semblait invisible. Mieux : morte. Ses yeux plissés étaient au plus petit diaphragme, comme si elle se concentrait pour garder une vue nette des choses. Il fallait que sa présence demeurât une absence. Celle qui osait cracher la vérité devait rester au fond des brumes du cimetière, même si, dans le café, on ne voyait que sa détresse. La remarquer – ou, pire, l'inviter à danser – eût été enfreindre la loi commune et courir le risque de l'affrontement. Jusqu'où irait-il ? Chacun flairait que Félicien n'était pas seul en cause avec cette histoire de moustache, mais bien tous les silences opaques de l'île – secrets dont ils n'étaient plus les gardiens mais les captifs.

Seul un gamin de neuf ans – un petit cousin de Norma qui n'avait pas assisté à l'inhumation – nota que les adultes feignaient d'ignorer la crise d'asthme qui venait de s'emparer de sa cousine. Le fiston de l'insipide Casimir ne saisissait pas pourquoi sa famille ne la voyait pas s'asphyxier. Son père cuvait sa ration de nicotine tout en fixant le néant. Hippolyte, soudain figé, ne remuait pas un cil, en adversaire déclaré de sa propre fille. Un autre visage de Trop – si sympathique d'ordinaire – se dévoilait, cuirassé d'insensibilité. Même la sœur de Norma, la fantomatique Colombine, regardait droit devant elle. La bistrotière Maëlle, habituellement si secourable et d'une ample jovialité, était de cire. Cette violence perpétrée sans acte terrorisa le gamin plus encore qu'une paire de gifles.

Voûtée devant son verre vide, Norma ne respirait plus que d'un filet. Elle suffoquait qu'on la niât à ce point. Et qu'on ne consentît même pas à la contester ou à lui envoyer une grêle d'injures, ce qui eût rétabli une forme de normalité. Personne ne lui viendrait en aide, comme si elle était morte – autant que ce Malo dont on ne prononçait jamais le nom.

Paniqué, l'enfant fonça chercher de l'aide chez la vieille Gwen. En courant vers l'église, le petit pensa que sa grand-mère sauverait toujours les siens, même contre les siens. Même contre l'île.

En ne voyant pas Norma étouffer, on crut étouffer l'affaire.

Les « pages de gauche »

Lorsqu'elle regagna le continent, Norma sentit bien qu'il lui faudrait se hisser aux dimensions du destin particulier qui venait de lui tomber sur le dos. Qu'allait-elle devenir ? Une ressentimenteuse ? Une victime traînant toujours après elle l'injustice du sort que sa famille lui infligeait ?

Norma eut alors une chance, presque une grâce : elle renonça à tout grief et, dans un souffle, remercia la Providence de l'aider à raffermir sa manière d'être. Alors que le rêve de rétablir une communication fluide chez les siens tenaillait cette Bretonne. En elle, le bonheur d'être vraie l'emporta. Bannie de son île, Norma se convertit à un optimisme sans cause ni fondement. Les joies de l'existence, elle en avait raffolé et y tiendrait toujours, mais Norma leur préférait désormais la joie – pas celle, fragile et fugace, qui alterne avec les peines mais plutôt celle qui relève d'une disposition constante à savourer les faits comme ils sont, en leur ôtant leur nocivité. Au triste déni, Norma répondit par un effort d'allégresse. Elle serait une simple joie : celle d'être lucide et d'engager ses relations sous le signe de l'authenticité la plus libre.

Ce choix modifia jusqu'à sa manière de tenir son journal intime. Plus jamais Norma ne noircirait les pages de droite de son carnet. Fini les postures, les rôles de composition affligeants, le consentement à la comédie sociale qui ruine l'ultime estime – celle que l'on se doit à soi-même. Son existence ne serait plus composée que de « pages de gauche » écrites à tous risques ; en renonçant à la lourde armure de son propre personnage. Après cet épisode irréversible, Norma brûlait du sentiment de n'être plus rien.

Rien qu'une inflexible apaisée dont l'existence tiendrait dans un verbe salutaire : DIRE ce qui est, dans son journal, dans la rue ou ailleurs, avec un permanent bonheur, en remerciant la vie de ce qu'elle lui envoyait. Une batailleuse tranquille qui, délivrée du rêve d'être approuvée ou seulement comprise, refuserait chaque jour que le déni soit la forme régulière de la vie des hommes, et de sa tribu en particulier. Rien qu'une rebelle prête à faire de la grande lucidité le socle de sa renaissance et de celle de sa famille. Rien qu'une fidèle de l'authenticité enfin, qui permet de rencontrer autrui. A l'écart de la langue de bois.

Face au roman truqué du monde et aux gardiens de l'aveuglement, Norma sentait que son caractère solaire tracerait le chemin. Quel qu'en soit le coût, elle ne plierait plus ; mais sans rage. En s'octroyant d'infinies libertés et en ne cédant jamais à l'imprécation. Les yeux grands ouverts, pugnace et souriante, Norma aurait le panache de l'inertie et les courages de la non-coopération.

Même si son père se posait en défenseur impitoyable des ruines de leurs légendes. Même si on devait pour cela la tenir en lisière de sa propre famille. Même si sa nouvelle manière de tenir son journal devait recomposer sa vie et nettoyer en profondeur son carnet d'adresses. Même si les grandes amours de Norma devaient en pâtir, voire en être sabotées.

Norma tirerait toujours le fil de ce qui est juste avec plénitude, en se gardant de rejoindre les champions de l'acidité. Mais quel homme pourrait aimer une entêtée pareille ?

Le tourniquet du pire

Le hasard est un artiste. Quelque temps après l'épisode suffocant du cimetière, un autre surgit, à Genève cette fois. En osant parler sans fard dans l'île, Norma semblait avoir permis que l'indicible jaillisse.

Tout débuta par une manière de provocation d'Hippolyte, chef de file des immobilistes. Dans les jours qui suivirent la cérémonie dans l'île, il déménagea, en sifflotant *Jésus que ma joie demeure*, les lourds cartons d'archives de l'Impensable S.A. qui dataient de l'Occupation – au vu et au su de sa femme et de Colombine, sa deuxième fille. Chaque carton portait le sigle nazi de l'organisation Todt, jadis chargée par Hitler d'édifier le mur de l'Atlantique ; mais Trop les manipulait avec une telle bonne humeur qu'un esprit inattentif aurait pu ne pas remarquer les croix gammées et se figurer qu'il transportait de bonnes bouteilles. Hippolyte entassa ces mètres cubes de papier jauni dans un buffet de marine installé au milieu de leur salon genevois, juste en dessous du portrait à l'huile de son père qui continuait de sourire sous sa moustache.

Le buffet aux allures de sarcophage était similaire à ceux qui pullulent dans l'île, échoués au fil des naufrages qui font le mobilier des populations insulaires depuis des siècles. Inquiet et fasciné par ces cartons, Trop préférait les dissimuler sous son toit.

Une fois son labeur accompli, Hippolyte posa sur le lourd buffet une photo glaçante de Colombine. Elle se tenait en maillot de bain, décharnée, devant un saumon de soixante-dix kilos – soit le double de son poids. Sous ce cliché qui suintait la mort, Hippolyte avait écrit de sa main : « Pêche miraculeuse », comme s'il avait fallu à tout prix regarder le poisson.

Naturellement, Marie-Anne et Colombine constatèrent ce déménagement et repérèrent les croix gammées ; mais elles furent implicitement sommées de ne rien remarquer. Avec le charmant Hippolyte, les ennuis commençaient lorsqu'on formulait les choses qu'il donnait à voir, pas quand on les regardait sans les interpréter. Trop ne s'en expliqua donc pas. Mais la sœur de Norma nota que leur père avait caché la clef du buffet derrière le sourire de Félicien, au centre du grand salon ovale.

Les jours suivants, Hippolyte et Marie-Anne ne pipèrent mot au sujet de la moustache de Félicien ou de ses prouesses immobilières de 1943. Ils n'évoquèrent pas non plus le fait que Norma, leur fille choyée, était désormais biffée de leur vie. Un irrespirable chagrin qui leur restait tout de même sur le gésier. L'amère victoire d'Hippolyte pouvait difficilement s'arroser au vinaigre. On préféra faire couler le champagne.

Trop et Marie-Anne n'annulèrent donc pas leurs trente-cinq ans de mariage, célébrés au Dom Pérignon dans leur hôtel particulier du quartier de Champel, à Genève – malgré la détérioration de leurs affaires. La voix officielle des Diskredapl tenait à ce que la bamboche restât leur recours et l'excès leur estampille.

Le jour de la fête très costumée – comme toujours chez les Diskredapl –, Marie-Anne se donna des airs convaincants de Grace Kelly en enfilant une robe succincte qui faisait d'elle une beauté imparable. Ses seins étaient de sortie. Hippolyte, juché sur de courtes échasses, se déguisa opportunément en général de Gaulle. Leurs amis s'étaient également accoutrés ou grimés. Très vite, ce beau monde se mit à danser autour des archives nauséabondes qui, dans le buffet, accablaient Félicien. Cohue de rieurs frivoles, tourbillon de cigales au visage de Dalí, Marilyn ou Picasso. La musique de la soirée pulvérisa bientôt leur retenue, tordit les silhouettes flexibles. Le Dom Pérignon coulait à flots.

Marie-Anne se déhanchait, horrifiée par la présence des archives allemandes de l'Impensable S.A. Ne pas pouvoir nommer l'évidence la renvoyait à son judaïsme refoulé. Et la rendait folle. Plus gaie qu'à l'ordinaire, elle semblait un élan vital, une joie transmissible, l'antithèse même de son désarroi. Excédée de devoir se taire à tout prix, Marie-Anne prit soudain la tête d'une farandole. Elle accrocha le fiancé un peu saoul de Colombine, cueillit la foule, annexa les timides, saccagea les réserves. L'épouse d'Hippolyte-de Gaulle dansait avec furie pour oublier ses origines, récemment révélées par Norma et occultées par ses parents en 1945 (d'où les prénoms si catholiques de Marie-Anne et Marie-Ange). Des origines que Marie-Anne avait supplié Norma de ne jamais confier à Hippolyte – car c'eût été officialiser une vérité perçue comme un péril jamais éteint. Fofolle, Marie-

Anne-Grace Kelly s'ébrouait donc devant le buffet sinistre et folâtrait avec le petit ami de Colombine, pour ne plus penser que les siens (tantes, oncles, grands-parents, cousins, dix-sept au total), partis en fumée à Auschwitz en 1943, étaient bien originaires de Marseille. De ce quartier juif précisément « libéré » par son beau-père si porté sur le Dom Pérignon, identique à celui qu'ils sifflaient ce soir-là. Hébétée d'effroi, elle ne parvenait pas à digérer le fait que ses deux filles mêlaient dans leurs veines du sang ashkénaze à celui d'un voleur de *biens juifs*. Un cocktail qu'elle secouait fort en entraînant ses invités dans sa transe. Ce foutu buffet la narguait. Elle dansait furieusement pour atténuer sa colère contre Norma de lui avoir infligé une vérité pareille devant toute l'île. Et contre Hippolyte d'avoir renié leur fille, sans même la consulter d'un regard ! Marie-Anne en voulait à son mari de lui avoir dissimulé le passé de Félicien qu'il ne pouvait pas ignorer. Elle tourbillonnait pour ne plus penser que depuis vingt ans Hippolyte – auquel un secret la liait – la trahissait avec mille jupons tout en la déclarant irremplaçable.

Comprimée, Marie-Anne eut alors un geste qui chamboula l'assistance. Au vu de tous, elle embrassa sur les lèvres le petit ami pompette de sa fille Colombine – tout en fixant le regard de Félicien peint à l'huile. Puis elle colla ses seins lourds contre le jeune homme et fondit dans sa sueur. La fragile Colombine, excédée de souffrance, regardait ailleurs.

Chacun s'efforça de ne pas remarquer cette infraction à l'insouciance de la fête que l'on ne savait trop comment interpréter – ni dans l'instant, ni lorsqu'il fallut détailler la scène au commissaire Kermeur. Sur le moment, on voulut croire que le Dom Pérignon y avait sa part, en espérant qu'une telle licence puisse ne pas être entièrement volontaire.

Au centre de la piste, Marie-Anne poursuivit son baiser appuyé, vorace – délicieux, semblait-il –, jusqu'à ce qu'il fût impossible à Hippolyte et à ses invités de ne pas le constater. On ne verrait peut-être pas les archives du buffet mais on la verrait, elle. Les regards hébétés des convives se croisèrent enfin. Appuyée sur le coffre, la jeune Colombine était livide. Songeait-elle, à cet instant, que la clef du buffet était derrière le tableau ? A cette petite clef de laiton qu'elle était tentée d'utiliser pour crier elle aussi, comme sa sœur Norma ? La foule manquait d'air. Marie-Anne renvoyait-elle à son mari la monnaie de la pièce de ses galanteries ? D'anciennes violences occultées ? Mais pourquoi diable s'en prenait-elle à la conquête de sa propre fille ?

D'une main ferme, Marie-Anne évacua alors leur domicile en empoignant le joli garçon. Le sexe impromptu, parfois, semble une solution. La musique en fête s'arrêta. Un dernier bouchon de bouteille de champagne sauta, millésimé 1943. Vaincue, Colombine renonça à utiliser la clef du coffre.

Atteint par l'uppercut, Hippolyte-de Gaulle était blanc sous le portrait de Félicien qui arborait sa moustache hitlérienne. Son asthme allait-il l'étouffer ?

Son téléphone portable sonna, laissant échapper une stridence ridicule qui ajouta encore au malaise.

Hippolyte répondit et écouta ce qu'on lui disait avec attention en prenant appui sur l'angle du buffet. Il émit alors un grognement de boxeur atteint au foie, puis raccrocha :

— C'était la gendarmerie de Quimper.

— Quelque chose de fendard ? demanda un fêtard.

— Mon frère Zinzin est mort… On vient de retrouver son corps dans un bunker.

L'absence de logique dans l'horreur fit l'effet d'une bombe.

— Je dois partir pour la Bretagne, s'excusa-t-il en descendant de ses échasses.

L'effronterie de Marie-Anne ne comptait plus. Le pire avait balayé la folie.

Quatre heures et demie d'excès de vitesse plus tard – on se déplace vite à 270 km/h, même en se masturbant –, Hippolyte débarqua, au petit matin, dans un bunker géant tourné vers le Raz-de-Locmaria. Un ouvrage jadis financé par leur banque. C'était lui qui, sans en parler jamais, avait assuré le toilettage des archives laissées par Félicien au siège de leur compagnie. Des mètres cubes de dossiers visés par l'organisation Todt. La plupart des factures avaient été honorées directement à Francfort-sur-le-Main où la Diskredapl & Cie, devenue alors la Diskredapl Deutschland, avait ouvert une filiale aryenne pour d'opportunes raisons fiscales. Quand on est disposé à faire les poches des déportés, il n'est pas de petits bénéfices. Hippolyte avait agi en se persuadant qu'il faisait le bien – comme toujours. N'avait-il pas eu raison d'assumer, dans l'intérêt des siens, ce travail de gommage méticuleux ?

En s'enfonçant au cœur de l'édifice spectaculaire, Hippolyte-de Gaulle s'efforçait de siffloter *Que ma joie demeure*. Abattu, il découvrit alors aux côtés du commissaire Kermeur, sans voix dans son ciré, un volet de la sexualité de Zinzin jusque-là ignoré

– quoique pressenti. Le cadavre déjà roide de son frère, menotté dans le dos, était moulé dans une combinaison de latex avec cagoule assortie. Le sifflement d'Hippolyte s'arrêta net. Intouché en attendant l'arrivée de la police scientifique de Brest, le céleste Zinzin se présentait sous les traits méconnaissables d'un cadavre caoutchouté qui, étranglé par un cordon de téléphone d'époque, pendait dans le vide avec l'immobilité du fil à plomb. Vision grotesque et terrible à la fois. De quelles pratiques érotiques avait-il donc ravitaillé ses sens ? Voilà où menait l'angélisme des Diskredapl : à un coming out macabre. Les tics de Zinzin avaient cessé de le dévorer. Face au large, ses yeux fixaient démesurément la direction de leur île à travers les orifices étroits de l'horrible cagoule. Avait-il éjaculé en expirant ? Image à la fois inassimilable et impossible à rejeter. Peut-être Zinzin avait-il éprouvé le besoin de s'exhiber sans fard après avoir joué un rôle, notamment politique, qui ne lui ressemblait pas. Qui ce chanteur de grégorien, fasciné par la pureté, avait-il été exactement ? Hippolyte ne parvint pas à rire. Etait-il surpris ? Oui. Tabassé. Aussi rudement qu'il l'avait été, jadis, par leur père.

La réalité prenait une avance sur l'imaginaire, avance qu'aucune exagération ne rattraperait jamais. En se tuant ainsi, cagoulé et menotté, Zinzin semblait avoir crié à la face de son clan sa ténébreuse complexité. Grâce à la strangulation, comprimé dans sa gaine de latex, il avait obtenu une ultime érection. Depuis les révélations de Norma, Zinzin ne bandait plus. La vérité sur la moustache de Félicien avait vaincu son sexe.

Craignant sans doute d'être démasqué à son tour, Zinzin s'était sacrifié sur l'autel de la cécité familiale pour mieux la verrouiller. Le fils non désiré de Gwen avait offert aux siens un secret supplémentaire, assez traumatisant pour ressouder le clan.

— Monsieur le commissaire, lâcha Hippolyte en déboutonnant son costume de général, puis-je vous demander de ne pas évoquer ce drame intime devant la presse ? Ni avec le père Kersauzon, le curé de notre île.

— Entendu, marmonna le policier venu de Quimper, un homme qui se surveillait, s'épargnait, comptait ses mots et voulait avoir le dernier.

— Question de décence… vous comprenez ? C'est un élu de la République.

— Je comprends.

Ebranlé, bien qu'il fût lui-même habitué à des incartades semi-démentes, l'héritier des Diskredapl répéta en boucle une phrase si limpide que le commissaire Kermeur crut bon de la noter :

— Je ne veux pas y croire, je ne veux pas y croire…

Le lendemain, Marie-Anne rentra penaude à leur domicile, sans qu'Hippolyte lui reparlât jamais de la veille. En as de l'évitement, Trop ferma la bouche et les deux yeux. Colombine aussi – mais les avait-elle jamais ouverts ? Pourtant, elle avait conservé une coupure de presse qui montrait Félicien, à la Libération, occupé à tondre deux femmes apeurées. Son visage hilare trahissait une volupté sadique. Fracassée par ce décès, Marie-Anne regagna sa sujétion. Leurs amis, incapables de poser des mots sur ce qu'ils avaient vu, surent se taire. Sauf lorsque le commissaire Kermeur les interrogea, cigare en main, dans le cadre de l'enquête qu'il dut mener dans certains milieux sadomaso français.

Le lendemain de ce 11 Septembre familial, le nouveau chef des Diskredapl s'adressa à Gwen, à Casimir et à sa sœur Gwenaëlle à qui il avait demandé de venir sans leur conjoint. Le frère et la sœur s'étaient hâtés vers la Bretagne pour entourer leur mère qui venait d'être amputée d'un deuxième fils.

Avec toute l'autorité d'un Félicien, Hippolyte leur assena :

— Nous ferons un demi-mensonge dans l'île et à nos propres enfants. Nous n'aurons qu'à dire une presque-vérité, que Zinzin est mort… d'un arrêt cardiaque.

— Un demi-mensonge ? s'enquit Gwen étonnée.

— Tant que le cœur bat, il n'y a pas décès, fit observer Hippolyte. Zinzin était donc vivant jusqu'à ce que son cœur cale. Peut-être mon affirmation est-elle un peu casuistique, mais médicalement il ne serait pas inexact de dire que c'est bien l'arrêt cardiaque qui l'a tué.

— Ne crains-tu pas que la vérité soit un culbuto ? objecta Gwen en lançant un regard à Gwenaëlle. Veut-on l'aplatir qu'elle se redresse aussitôt…

— Pensons aux enfants ! s'indigna Hippolyte.

Personne n'osa le contredire.

Le suicide occulté bétonna le mutisme des Diskredapl, au motif que les enfants devaient être tenus à l'écart de l'indécence. Ces derniers – alertés par un article suintant de sous-entendus, relayé à haut débit par les forums politiques – flairèrent vite que l'arrêt du cœur de Zinzin n'était peut-être pas la cause première de son décès. Les îliens aussi. Mais on ne gratta pas, malgré certaines insistances d'Angelin Le Goff, le maire de l'île, qui renonça.

Chacun pressentait que la scène du cimetière avait été l'origine de ce désastre. Mais à quoi bon revenir sur la moustache de Félicien ? Plus personne ne voulait allumer le moindre conflit ni s'exposer à la relégation qui frappait Norma. On tenait désormais la fille aînée d'Hippolyte pour infréquentable.

Le tourniquet du pire devait s'arrêter.

Après ces coups de tabac, on crut que la vérité ne reparaîtrait jamais dans l'île. Colombine s'efforça même d'oublier à quel endroit était cachée la petite clef du buffet où reposaient les archives de Félicien.

Devenir invisible

Pour mener son enquête sur la mort de Zinzin, le commissaire Loïc Kermeur rencontra un à un les Diskredapl. Intrigué, il nota que tous ces Impensable prononçaient le prénom de Norma avec réticence. Tout de suite, il en aima cette fille que l'on disait désinhibée. Les âmes non camouflées l'épataient, tout en l'angoissant. Kermeur appartenait à cette frange de la terne bourgeoisie qui en a conquis les préjugés, pas encore le ton ni l'assurance mais déjà les nostalgies. Notamment celle de vivre dans des audaces réservées, pensait-il, aux artistes, aux dîneurs en ville et aux lève-tard.

Lorsque le commissaire Kermeur convoqua Norma dans son bureau de Quimper, elle lui apparut bien trop charnelle. L'irruption du désir ! Norma était moins des yeux qu'un regard, moins un corps que des jambes – deux réussites galbées. Cette Impensable avait dans le profil quelque chose d'indompté. Dès les premiers mots, le commissaire se sentit déstabilisé, vidé de son propre secret. Kermeur éprouva alors la sensation d'être mis à nu face à une personne qui, par sa seule présence, interdisait les dissimulations. Inquiet autant que fasciné, Loïc décida d'interroger Norma en ne croisant jamais ses yeux. D'abord surprise, elle finit par lui demander :

— Pourquoi évitez-vous mon regard ?

— Je fais cela ?

— Oui, parfaitement.

— Vous savez, mademoiselle, je mène une vie sans fièvre, faite de besognes policières qui ne me procurent qu'une faible dose d'excitation cérébrale… et affective. Une existence qui n'est peut-être pas une vie mais… qui me convient.

— Et alors ?

— Et alors quoi ?

— Je vous plais, c'est le problème ? hasarda-t-elle.

— Je crois que vous me troublez, lâcha Kermeur. Trop à mon goût.

— Vous ne devriez pas avoir peur de vos élans, c'est toujours une faute, lança-t-elle en lui souriant avec une joie qui acheva de le faire frissonner.

Cette fille est une grenade dégoupillée, pensa-t-il aussitôt. Rien ne la comprime.

— Quand je serai amené à vous rencontrer, j'éviterai donc votre regard… trop franc, précisa-t-il. Cela m'aidera à garder mes distances. D'ailleurs je me tiendrai toujours à plus de deux mètres de vous si vous n'y voyez pas d'inconvénient.

— Vous êtes toujours aussi direct ?

— Oui, avoua le commissaire. Mais que les choses soient bien claires : je suis contre l'amour inopiné.

— Ah…

— Et vous, qu'en pensez-vous ?

— Je ne pense pas quand je fais l'amour de manière inopinée, répliqua la jeune femme avec un large sourire.

Loïc Kermeur continua à parler à Norma en tournant la tête ostensiblement.

Electrisée par cette forme de déclaration, Norma fit rouler la chaise à roulettes en direction du commissaire. Tout de suite, elle éprouva l'envie excitante de se placer à moins de deux mètres de cet homme qui lui parut avoir de l'épaisseur et de l'énigme.

Loïc recula d'un pas et affecta cette froideur polie dont il rebutait autrui :

— Reprenons l'enquête… Nous disions donc… Que disions-nous ?

— Que la vie de famille est la forme normale du délire !

La possibilité d'être Norma

Au cours des sept années qui suivirent, les sidérés de l'île cessèrent d'articuler les noms de Zinzin, de Norma et de Malo. Ce trio de parias semblait être devenu moins qu'un souvenir. On taisait leur absence, tout en y songeant toujours. Passionnés de frivolité, les Diskredapl continuèrent à se diluer dans des éclats de rire proliférants – le rire a cet avantage qu'on n'y entend pas les mots –, en se déguisant avec fureur dès qu'une occasion se présentait.

Norma ne vécut plus que des journées marquées du sceau de la sincérité la plus extrême. Hippolyte, Gwenaëlle et le terne Casimir mirent un point d'honneur à évoquer le plus souvent possible la mémoire glorieuse de leur père – sous les yeux étonnés de Gwen qui, prisonnière de sa gaieté factice, ne mouftait pas. Le cas de Félicien devait être considéré comme normal. Cet intouchable avait droit à sa part d'enluminure ! L'angélisme familial cuirassait les Impensable. Chacun veillait donc à citer abondamment les bons mots de Félicien. Ah, ce grand-père pétri de gentillesse, quel rigolo de répertoire ! Et sa moustache, quelle belle insolence ! Cette crapule resta ainsi le symbole d'une guirlande de beaux sentiments : courage exemplaire, âme trempée, spiritualité d'acier… Son nom n'avait-il pas été inscrit sur le monument érigé au cœur de l'île, là où figure la liste des Français Libres promis à une reconnaissance éternelle ?

Les commères de l'île y trouvaient leur compte – surtout celles qui avaient été tentantes entre 1940 et 1944.

Le père Kersauzon également. Dans ses prêches, il n'hésitait jamais à rappeler une fanfaronnade de Félicien, une preuve supplémentaire de sa bonté. Chaque évocation du disparu tournait à l'exercice d'admiration et de défense de la mémoire de l'île.

Même les deux belles-sœurs jumelles, Marie-Anne et Marie-Ange, se rallièrent à ce culte. Norma n'était plus là pour exhumer les archives ni rappeler des origines juives qu'après tout on avait bien le droit de biffer. Pourquoi s'astreindre à une fidélité incompatible avec le passé noir de Félicien ? Aux crématoires d'hier, les jumelles préféraient un songe d'avenir, en s'intégrant définitivement dans une famille catholique et opulente qui leur paraissait une forme d'assurance. Prudentes, Marie-Ange et Marie-Anne évitaient les synagogues quand elles circulaient dans les rues.

Dans l'île, la voix de Félicien, charmeuse, retentissait encore dans la maison de Gwen par le truchement de son vieux perroquet – celui-là même que Félicien tenait pour un honnête détecteur de mensonges. Un carnaval de coloris qui, au hasard de son humeur volatile, resservait les injonctions domestiques du Commandeur décédé : « A table ! J'ai dit à table ! » L'autorité paternelle de Félicien flottait encore, comme si le passé n'avait pas été à bout de souffle. Hier restait présent, mais emplumé. Dès que le cacatoès causait, on riait un peu et la nostalgie reprenait ses droits. Celle de l'époque où la fille aînée d'Hippolyte – dont il ne fallait plus prononcer le prénom – n'avait pas encore parlé.

Cependant, chacun savait désormais qu'il était possible d'*être Norma.* Une longue fissure, coupant en deux les consciences, s'entrouvrait dans le bloc de ce clan ; mais Norma avait donné le branle à des idées neuves. Il semblait non pas possible mais déjà concevable de ne plus douter de ses propres perceptions. Il devenait même imaginable de tenir compte de sa propre vérité et de ne plus être la dupe de soi-même. Un jour prochain, on jugerait les siens capables de supporter la vérité nue. Etre Norma paraissait presque possible car la fille d'Hippolyte avait parlé avec foi, sans fléchir. Sa ferme parole avait retenti au fond du cimetière mais aussi par la suite chaque soir à la radio, dans une émission d'actualités intitulée… « Sans Angle Mort ».

Ce programme radiophonique – écho direct de son optimisme contagieux – avait, au fil des ans, guéri Norma de son asthme héréditaire. Et de son chagrin d'avoir renoncé à l'espoir de vivre, un jour, dans une famille capable d'écoute.

« Sans Angle Mort » était né de sa conviction que la réalité du monde est dans son déni, dans la manière dont chacun parvient à l'éluder. Instruite par le cas de la moustache de Félicien, Norma ne croyait plus que la vérité des êtres et des situations fût planquée dans les caves d'une société mais plutôt surexposée, au soleil des Unes de l'actualité, exhibée le plus souvent dans une lumière qui la rend presque invisible – comme la lettre volée d'Edgar Poe. A ses yeux, l'information qui s'écoule dans nos médias était constituée d'un flot d'images dont chacun refuse obstinément le son, d'exactitudes fallacieuses et de réalités visiblement estompées, avec notre complicité – car telle est notre demande non formulée, obstinée : être enfin dispensé du réel.

Mue par sa joie immotivée, Norma complotait des renversements de perspectives sur l'antenne de sa radio. Elle évoquait ce qui était tu tout en étant hurlé à coups de slogans, les vérités les plus filmées pour qu'on ne les remarque pas. Bref, les trompe-l'œil de l'actualité et ceux qui font de l'Histoire un interminable exercice d'aveuglement.

Lors de sa dernière émission, Norma avait glosé avec ses chroniqueuses espiègles et ses invités sur une flopée de sujets visibles et camouflés qu'elle « révélait », au sens photographique du terme :

- L'invraisemblable bonne conscience des producteurs d'éthanol – un carburant supposément « éco-responsable » –, persuadés de faire le bien alors que leurs plantations de betteraves et de céréales détruisent sans vergogne des cultures vivrières… fort utiles aux affamés d'Amérique du Sud. De combien d'enfants morts ce sympathique carburant, si prisé des bobos enragés d'idéal, est-il responsable ? La conclusion de Norma tomba dans un soupir : « Faut-il que nous pratiquions tous la falsification des mots pour employer sans rougir l'expression *éco-responsable* »…
- Le fascinant évitement des piétons des grandes villes lorsqu'ils croisent un SDF imbibé. Presque tous parviennent, avec adresse et détachement, à se com-

porter comme s'ils ne l'avaient pas remarqué. A tout prix, il leur faut ne pas voir une dèche qui, un jour de grande déveine, pourrait finir par les aspirer.

• Le flagrant délire du peuple chinois qui vit chaque jour dans une vérité officielle communiste et dans des faits capitalistes, sans jamais faire coller sa vérité et sa réalité. Un milliard trois cent quarante millions de camarades schizophrènes ! Et sommés de taire cette évidence sous peine de répression sévère. « A quoi pourrait bien ressembler le journal intime – écrit en partie double – de cette nation clivée ? » s'écria Norma.

• L'extravagant besoin que nous avons eu, en Europe, de bazarder le principe de réalité lors des révolutions arabes. Pourquoi diable avons-nous jugé ces délivrances comme des ruées vers la démocratie ? Alors que, de toute évidence, ces luttes allaient, par la grâce des urnes, assurer le triomphe (momentané ?) de la congélation islamiste… Comme si les religieux qui accèdent au pouvoir étaient essentiellement mus par la quête de tempérance ! Et par la passion soudaine de laisser les fidèles penser par eux-mêmes… dès lors que la démocratie a sanctifié leur assomption. La loi sacrée envisage-t-elle seulement l'hypothèse de la contradiction ? Ah, cet obstiné besoin de nier l'inacceptable réalité…

• Les stupéfiantes larmes des Nord-Coréens aux funérailles de Kim Jong-Il, exact écho de celles versées jadis par des millions de pleurnichards européens pour le camarade Staline. Ces pleurs sincères avaient, sur l'antenne de Norma, fait l'objet d'un constat fort désagréable : la vive passion des peuples pour qui les écrase, dès lors que le tyran a pris dans l'esprit de ses victimes une figure de père sévère, affectueux et redoutable. Jusqu'où va le délire des cœurs ?

• Un historien affûté vint soutenir que si la Shoah avait été si difficile à admettre par les Juifs d'Europe pendant une bonne partie de la dernière guerre, ce n'était pas parce que leur extermination fut *un secret* mais parce qu'elle était *trop visible*. L'abondance de signaux envoyés par les nazis, expliqua-t-il, paraissait avoir enfermé longtemps les communautés juives dans une logique de déni – traversé par des éclairs de lucidité – pour ne pas chuter dans le désespoir. Devant l'évidence et l'absence d'échappatoire, comment réagir autrement ? « Le vrai danger, conclut l'érudit, réside toujours dans le trop visible. »

• Norma s'interrogea à nouveau, en compagnie d'une chroniqueuse psychiatre, sur les raisons qui avaient permis aux Occidentaux de placer durablement hors du bocal de leur conscience la réalité de l'endettement de leurs Etats irresponsables. L'hystérie dépensière, la foldinguerie du crédit enkysté dans nos habitudes, on ne les avait pas réellement vues ! Des citoyens éduqués avaient, sans alarme véritable, refusé de constater que cette pente funeste allait démonétiser nos bulletins de vote !

• Le philosophe Michel Serres, emballé par l'allégresse amusée de Norma, avait souligné le fait que la bande dessinée *Astérix* – qui passe pour un divertissement inoffensif, destiné aux enfants – reste une histoire de drogués (la potion magique, qu'est-ce d'autre qu'un stupéfiant ?) qui ne communiquent que par des pugilats, l'éloge d'une tribu qui ne règle ses litiges qu'en assenant des paires de baffes ; et qui, pour finir, bâillonne toujours le poète du village (le barde termine invariablement ficelé). Point de vue percutant que Norma n'avait encore jamais adopté, par Toutatis !

Chaque jour à dix-huit heures, elle dénonçait avec jubilation les pseudo-informations qui dévorent les écrans de l'actualité et qui renseignent davantage sur nos dénis que sur un supposé réel. Voulait-on lui servir le potage habituel ? Norma cassait la soupière ! Lors de la prise d'antenne, une séquence montrait que l'information, comme l'Histoire, reste la manière collective qu'ont trouvée les hommes de récuser les faits. Norma refusait la contorsion à laquelle se livrent les rédacteurs en chef du monde entier : se demander chaque jour comment ne pas donner aux événements le dernier mot, comment cacher par des titres simples l'inquiétante invraisemblance de la réalité, et comment désamorcer nos anxiétés en donnant à l'actualité un sens acceptable ou distrayant. Afin d'assouvir, dans l'endroit même où la lucidité est censée s'exercer, l'un de nos besoins les plus vitaux : en voir le moins possible. Informez-moi pour que je ne sache pas !

« Sans Angle Mort » rencontrait un joli succès car Norma, en plein accord avec sa joie, s'y conduisait de manière anormalement authentique. En dissertant même, à l'occasion, sur ses propres aveuglements. Pourtant, elle persistait à ne pas voir un fait qu'avait fini par percer le commissaire Kermeur : le nom de l'auteur du viol dont elle avait été la victime, gamine. Un homme aux pieds nus dont elle n'avait pas discerné le visage.

Norma exultait depuis son belvédère radiophonique, avec vue plongeante sur le refoulé du moment. La vérité n'était plus pour elle un combat mais une jubilation, une respiration qui la soignait de son asthme ; et les auditeurs, enchantés autant qu'effarés, le sentaient bien.

Chaque soir, Norma ressortait de cet exercice plus vivante car lorsqu'on se hisse vers l'authenticité la vie a enfin lieu et tout s'anime. Les rencontres sans fard affluent, les êtres en quête d'inconfort vous rejoignent et les amants de l'improbable déboulent. On se glisse alors dans des relations fécondes, inaccessibles tant que l'on ne fend pas l'armure. Plus on s'approche de l'ombre, plus on se découvre plein de lumière. Norma existait à plein régime. Radieuse, ne regrettant pas une seule seconde ses « pages de droite » d'antan, elle savait que le contraire du mensonge n'est pas l'exactitude mais la vraie joie, celle qui est d'office et qui déroute le cynisme.

Cependant, cette animale splendide restait seule. Quel homme pouvait s'accorder à une pareille exigence ?

Au bout du cap de l'Europe, quelqu'un semblait vivifié par son esprit : Yann Kermarec, le pêcheur qui écoutait religieusement son émission. Yann trouvait sur les lèvres de Norma ce qu'il avait lui-même dans le cœur. La fausseté et l'inenthousiasme de l'époque le révulsaient. L'admiration est toujours une fatigue pour notre espèce ; mais celle que Yann vouait à Norma l'élevait. Depuis toujours, il l'aimait sans espérance mais non pas sans contentement. De toute sa vie après leur adolescence, il avait dû la revoir dix fois dans l'île mais c'était assez pour cultiver sa fièvre. Deux rebelles : l'un vivait sur l'eau loin des hommes, l'autre dans l'alambic du vrai.

On l'aura deviné, le déconcert de Norma avec sa famille était total. Aucun Diskredapl n'avait le droit d'écouter son programme. Sauf la vieille Gwen qui ne ratait aucune émission. En l'écoutant fort. Manière de déclarer aux siens qu'elle continuait à tenir Norma pour vivante. Mais ceux qui captaient régulièrement « Sans Angle Mort » ne le faisaient qu'avec inquiétude. La gêne des Diskredapl était d'autant plus forte qu'à l'antenne Norma avait l'air tout à fait censée. Or on avait fini par se persuader que ses propos tenus sept ans plus tôt étaient dus à sa folie.

Les quelques Diskredapl qui l'écoutaient souvent étaient ceux qui trouvaient dans cette émission une forme d'espoir. Celui qu'un jour on ne serait plus isolé dans cette famille, que l'on pourrait même rompre avec la logique toxique du secret ou de la défausse. Et qu'il ne serait plus nécessaire de tourner le dos à l'île pour trouver son bonheur – solution qui blessait ces Bretons pétris de rêves familiaux. Chaque soir, la voix limpide de Norma donnait un peu de réalité à cette espérance-là.

Cependant, l'équilibre des silences claniques paraissait ne jamais devoir être rompu. Pour continuer à s'esclaffer de tout, ne suffisait-il pas de ne plus prononcer les prénoms de Zinzin, Malo et Norma ? Sans oublier la moustache de Félicien, toujours éludée dans les conversations…

Mais il advint un mécompte de trop qui anéantit Gwen un mois avant Noël. Titouan, son premier arrière-petit-enfant, fut déclaré autiste. Ce que chacun avait subodoré, réfuté puis fini par admettre sans le dire. Titouan Diskredapl, petit-fils du pendu, ne voulait rien entendre des siens, rien leur dire, ni rien en voir. Et l'on commençait à ne plus articuler son nom. A trois ans, prisonnier de son mauvais destin, l'enfant s'effaçait déjà. Bientôt son prénom aurait la même résonance amortie que celui de Malo ou de Norma.

Faudrait-il ajouter le dernier-né des Diskredapl à la liste des invisibles ?

Famille au bord de la crise de nerfs

Pour fêter Noël auprès de Gwen, qui soufflerait à cette occasion ses quatre-vingt-dix ans, les Diskredapl s'étaient donné rendez-vous dans l'île. Au moment des fêtes, l'ouragan atlantique y a souvent les coudées franches. Les manigances marines enserrent soudain le récif. La marée creuse l'océan d'une houle qui emprisonne les îliens et les confine dans leurs bars à chansons. Surtout quand survient le charivari des marées d'équinoxe.

Tous les Diskredapl devaient gagner le port abrité d'Audierne afin d'embarquer à bord du dernier bateau de ligne, celui du soir. Le navire trapu était architecturé pour vaincre la houle hivernale qui, dans les parages, broie à tâtons les barques. Les tempêtes bretonnes sont considérables, là-bas elles sont atroces. Le pire s'en mêle. Ce n'est plus du déchaînement, c'est de l'insensé liquéfié. Un district de convulsions.

En chemin, Hippolyte conduisait seul à plus de 270 km/h entre les radars de l'autoroute, tout en luttant contre le vent de décembre et la neige. Ses freins étaient fatigués, son cœur usé, sa bite sans fierté ; mais il sifflotait instinctivement son air favori : *Que ma joie demeure*. Au loin, Hippolyte apercevait déjà l'écume crémeuse qui broutait les grèves. Des bataillons de lames attaquaient la falaise atlantique cyclopéenne. Le Raz-de-Locmaria – on nomme ainsi le goulet de mer sinistre qui sépare cette île du continent et qui fait soufflet – était déjà assommé par les rouleaux.

A bout de nerfs, débarqué directement de Genève, Trop espérait rejoindre sa femme et sa fille Colombine dans les temps, pour ne pas rater Noël. Sa voiture était vide – les affaires n'allaient pas fort ; alors que les autres années, Hippolyte avait toujours mis un point d'honneur à respecter la tradition – héritée de Népomucène – qui voulait que l'on s'offrît des déguisements le 24 décembre au soir. Mais Hippolyte n'offrait que de vrais déguisements. Des panoplies authentiques d'infirmière, de soldat démineur, de juge britannique, de garde suisse du Vatican, de pompier français ou de policier espagnol – généralement stockées dans le grenier de Gwen où l'on aurait pu rhabiller l'Europe.

Depuis quelques mois, Hippolyte cachait aux siens ses ennuis cardiaques et à lui-même la perspective d'une faillite. Inimaginable naufrage dont, par avance, il ne se sentait pas capable de supporter l'indignité. Même si, fidèle à sa superbe, il se montrait taquin avec les comptables lucides et insolent avec la presse financière. Trop ami de la chance pour ne pas croire au hasard, il espérait encore un miracle. Une pirouette du destin. Cette défaite n'allait-elle pas engloutir l'argent de leur famille, si âprement acquis ? Et menacer du même coup l'édifice économique de l'île ?

Seul dans sa voiture, paniqué à l'idée que Norma pût reparaître dans l'île après sept ans d'éclipse, il se masturba obstinément, s'essuya enfin dans un billet de banque helvétique – son dernier –, puis alluma la radio pour chercher la station qui diffusait « Sans Angle Mort ». Trop souhaitait s'assurer que sa fille n'avait pas quitté son studio parisien. Pardonneuse, Gwen pouvait avoir prié Norma de les rejoindre sans l'en avoir averti.

A l'antenne, la fille aînée d'Hippolyte évoquait l'escamotage moderne du trépas, la dissimulation courante des macchabées et l'expéditif de nos deuils. Puis elle joua avec les nerfs d'un invité qui raillait sa manie de voir partout du déni :

— Quand vous jetez un œil sur votre montre, que voyez-vous, là, tout de suite ? lui demanda-t-elle.

— Il est dix-huit heures sept minutes et onze secondes ! répliqua l'invité.

— En regardant votre montre, vous n'avez pas regardé votre montre mais l'heure, fit observer Norma. Vous avez perçu votre intention, noté l'heure à la place de la réalité : votre montre. Nos pensées mangent nos perceptions. Nous ne voyons pas le réel.

Ce prêchi-prêcha horripila Hippolyte. Mais, apaisé d'avoir pu localiser Norma, il baissa le son de la radio et recommença à siffloter. Le fils préféré de Félicien pensa que, restée à Paris, sa fille ne pourrait pas embarquer à bord de la navette de dix-huit heures trente. La capitainerie d'Audierne lui avait confirmé que ce bateau de ligne serait le dernier à s'engager dans le Raz-de-Locmaria avant la fin des fêtes. On annonçait une forte dépression. Le soulèvement de l'océan paraissait probable. Déjà le Raz, couleur de tumulte, était lancé dans le combat frénétique du vent, des courants fous et des roches qui grondaient en bas des falaises. Norma ne pourrait pas leur infliger sa présence. Mais le sifflement d'Hippolyte s'interrompit lorsque à la radio Norma déclara que son émission avait été enregistrée la veille dans les conditions du direct. L'emmerdeuse avait-elle l'intention de prendre, elle aussi, le dernier bateau ?

Dans sa voiture, le terne Casimir était déjà ivre, sans que cela se remarquât trop. Il chantait à tue-tête avec sa femme et leurs deux enfants calés entre les paquets remplis de déguisements exotiques et de masques. Comme d'habitude, son épouse se sentait seule à ses côtés. Tous chantaient en riant exagérément. L'ivrognerie de Casimir flottait dans l'habitacle de leur voiture mais chacun avait appris à s'en défendre.

A bord des véhicules des Diskredapl qui approchaient du port d'Audierne – regorgeant de cadeaux de Noël, sans doute le dernier que fêterait Gwen sur le déclin –, on plaisantait. Ils s'abandonnaient à leur fou rire en imaginant quel déguisement on leur offrirait. Gwenaëlle gloussait trop, ses filles la dépassaient en nervosité, la pimpante Marie-Anne était au bord de l'hystérie, la si mal aimée Colombine souriait tristement, la veuve de Zinzin s'esclaffait. Sans oublier Tangi – le deuxième enfant de Zinzin – qui formait avec Amélie, assiégée d'allergies alimentaires, un couple prétendument idéal – alors que Tangi ne comprenait toujours pas pourquoi, le jour de leurs noces, il avait culbuté sa belle-mère entreprenante sur le chemin de l'église, dans l'ascenseur d'un hôtel. Le seul à ne pas rigoler, recroquevillé sur son siège pour enfant, était leur fils, le minuscule Titouan. Ce clan à secrets avait engendré son mutisme.

Ce soir-là, les Diskredapl étaient éreintés de faux-semblants. Mais qui oserait désintégrer leur logiciel familial ? Qui donc leur redonnerait l'espoir de ne plus être solitaire dans sa propre famille ? Le recours intensif au déni ne pouvait plus être l'unique solution. Les Impensable le sentaient bien. Cet opium-là n'avait que trop servi.

Dans le port d'Audierne, il neigeait. La bagarre de la tempête faisait déjà naître des vagues pirouettantes. La navette aurait à peine le temps de se faufiler dans le Raz-de-Locmaria saturé de vents. Il y a de l'inexpliqué dans ce bras sombre, insoumis, où convergent tous les flux de l'Atlantique. Le délire des forces s'y donne rendez-vous. Déjà, l'eau du port breton se changeait en ondes. La mer refroidie mimait des tremblements.

Hippolyte arriva le dernier à l'embarcadère – *in extremis*, selon son habitude. Il refusait par principe les temps morts. En chemin, à la volée, croyant regagner une nouvelle jeunesse, il avait joui d'une pute rennaise, une hâtive dont l'art de vivre était semblable au sien : aimer vite et mal. Boitillant, il sauta à bord du navire. Après s'être assuré que Norma n'était pas là, Hippolyte pria le capitaine, un îlien fourbu de mer, de prendre le large. Ordre que le marin exécuta promptement, tant pour respecter son horaire que pour ne pas être accusé plus tard d'avoir conduit la malvenue jusqu'à leur île.

Dès que les amarres furent lancées, tout le monde respira : la vérité n'était pas à bord. Mais chacun frissonna : la tendresse n'y était pas non plus.

Peu semblait importer à cette tribu qu'un ouragan courût sur la mer et qu'on entendît la respiration grasse d'un orage qui approchait. Le soir du réveillon, Norma ne viendrait pas les supplicier. Les Diskredapl pourraient s'amuser, une fois de plus, dans une fête mutique. Pour Noël – et les quatre-vingt-dix ans de Gwen –, tout risque de conflit majeur était ajourné. Marie-Ange, la veuve de Zinzin, et leurs enfants – Tangi et sa sœur – se mirent à chanter dans la cabine et Hippolyte à siffloter son air favori.

Le bateau perfora une muraille de nuées et s'élança dans le souffle de l'océan. Le pilote cherchait le courant de jusant favorable, encore insuffisant pour les conduire à destination, invisible dans la tourmente. La meute des lames assaillait la coque. A la retirée des vagues blanches, l'eau sombre préparait ses assauts montants. Les rouleaux s'abattaient, pressaient les récifs alentour, comprimaient la proue et le cap breton. Tout souffrait : les roches, l'acier, le ciel, les âmes. Une folle bourrasque éclata pendant la renverse de marée, lança les nuages, écorcha les rivages. La nature était couleur d'hiver et parfumée de lointain. Les houles de fond surgissaient sans cesse, levant des murs liquides et baveux. La mer exagérait.

A bord, un passager était là, dévot du cigare : le commissaire Kermeur. Tenace, il n'avait jamais admis son échec à élucider la disparition de Malo Diskredapl. A quarante-cinq ans, ce fumeur acharné s'était enlisé dans une existence qui n'était pas une vie, un sommeil de vingt ans aux allures de rêverie plate. Les regards de Norma – évités avec soin au cours de son enquête – n'avaient jamais cessé de le poursuivre.

Aussi avait-il pris soin de se tenir toujours à plus de deux mètres d'elle lorsqu'il avait été amené à la recroiser.

Kermeur avait compris que chez les Diskredapl, le crime était de formuler les vérités indistinctes. Intrigué par le phénomène des anniversaires de la honte – ceux qu'aucune famille ne célèbre jamais –, Kermeur avait répertorié sur son calepin la liste de tout ce qui s'était produit dans cette tribu un 25 décembre. Une longue énumération de dates creuses que les Diskredapl avaient remplie d'amnésies ou de trop de souvenirs. Extraits :

• Mise en service du phare d'Ar-Gwall le 25 décembre 1874, afin de placer l'édifice sous la protection de l'enfant Jésus. Treize pêcheurs ont été balayés par une vague scélérate ce jour-là ; puis suicide de Népomucène Diskredapl un an plus tard, le même jour, chez son amant, l'évêque de Quimper. Evénement impensable en plein XIXe siècle, maquillé en arrêt cardiaque avec assez de complicités ecclésiastiques pour que Népomucène, très estimé, pût être enterré dans le cimetière de l'île ; et que leur clan ne fût pas disgracié par la rumeur. Ce jour-là, donc, sa veuve aurait saisi son « Journal de bord de ma lucidité », sorte de cahier rédigé en partie double. Lorsque son rôle social coïncidait avec sa vérité, Népomucène Diskredapl se contentait de noircir la page de gauche.

• Arrestation à Marseille des quatre grands-parents de Marie-Anne et de Marie-Ange Diskredapl, ainsi que de treize de leurs oncles, tantes, cousins et neveux – tous anéantis à Auschwitz. A taire à tout prix. Pourquoi ?

• Effacement soudain de Malo Diskredapl, ce jour-là, l'aîné admiré de tous. Décédé dans la Chaussée-de-Locmaria. Une mort peu crédible au vu des indices réunis.
• On ne compte plus les cas, au sein de cette famille, de jeunes gens internés pour raisons psychiatriques un 25 décembre, un moment de grande agitation psychique chez les Diskredapl. Sans que ces faits aient jamais été formulés. Le Dr Kerangal, médecin de l'île – un type étrange, un peu boit-tout, qui a eu dans sa jeunesse sa ration de tropiques et de moustiques –, semble avoir noté que les périodes délirantes des Diskredapl se situent autour de Noël.
• Un rituel immuable chez les Impensable crée tous les ans des turbulences dans l'île : lors du grand déjeuner du 24 ou du 25 décembre, chaque Diskredapl prend la parole afin de porter un toast en s'exprimant comme s'il était… son voisin de gauche ! En 1996, Marie-Anne, assise à la droite de son mari avait, paraît-il, osé dire : « Je lève mon verre à tous les bons maris qui, comme moi, trompent leur femme ! » Un rire général avait étouffé ces paroles trop justes. Sept ans plus tard, en 2004, Norma, installée à la droite d'Hippolyte, avait lancé : « A tous les collabos de la famille que nous prenons pour des résistants ! » Ce jeu coutumier porte un nom : « Je suis mon voisin ».

Tous les sept ans, la vérité sonnait chez les Diskredapl ; et une mort impressionnante ou une disparition énigmatique rétablissait la culture du secret. Un calme religieux succédait alors au chagrin. Qui parmi eux, cette fois, se sacrifierait pour que perdure le pacte de silence ?

Le commissaire Kermeur avait pour habitude, et pour méthode, de ne jamais rater les dates anniversaires des familles dont il n'avait pas sondé les opacités. Rien ne l'intéressait comme ces moments où la clarté tombe dans les esprits et où les loyautés se rompent. Le mutisme des fratries l'avait toujours inquiété, même si celle-ci, tout en trompe l'œil et si singulière, paraissait avoir inventé la gaieté.

La navette franchit un cap rocheux, tondu par le vent. La coque de métal commença à rouler dans les creux escaladés, les crêtes et les lames, sans que le suroît neigeux eût interrompu sa domination. Il griffait la mer scabreuse, la bouleversait partout. L'étale même n'aplanirait pas ce désordre. Le crépuscule breton, empourpré, avait un visage de bataille ; mais le jusant portait vers l'île.

Au loin, Hippolyte crut apercevoir le chalutier de Yann Kermarec. Un sauvage, ce Kermarec, qui jouissait chez les îliens d'un prestige rude. Yann savait les courants du Raz. Ce fils de personne – le pêcheur portait le nom de la mère Kermarec – avait toujours aspiré à l'océan libre. Mais non, ce n'était qu'une impression. La tache sombre, perdue dans les nuées, devait être un autre phare enfoncé dans les lointains, continuant sa veille sinistre. Au milieu du Raz-de-Locmaria, on ne défie pas le gros temps avec une embarcation si frêle. Un instant, Hippolyte espéra s'être trompé. Ce pêcheur qui lisait l'agaçait, surtout depuis qu'il était devenu le rédacteur principal du *Bouehz War Wor*, le mensuel de l'île auquel il infligeait sa prose. Le mensonge n'aime pas l'authenticité. Et puis, tout vrai regard est un désir et ceux de ce

Kermarec sur sa fille aînée avaient cette couleur. Qu'il se noie ! L'île n'en serait pas appauvrie.

Serein dans la tempête malgré son cœur fragile, Hippolyte se sentait apte à affronter les hautes pressions. Plus rien ne le ferait chavirer. La légèreté inculquée par Gwen demeurerait son horizon.

A la proue du navire, fouetté par les lames, il sifflotait.

« Nedeleg laouen ! »

Secouée par le vent, Norma lut dans *Ouest-France* que le mot Noël vient de l'expression latine *dies natalis* qui signifie *jour de naissance* ; et cela lui sembla de bon augure. D'instinct, elle aimait les jours de naissance. Norma apprit également que le cri magique *Noël ! Noël !* fut longtemps l'acclamation de bonheur de nos aïeux, lancée lorsqu'une victoire improbable était remportée. Au Moyen Âge, on l'utilisait pour manifester une délivrance ou une liesse inespérée. Cette joie se disait *Nedeleg laouen* dans le duché de Bretagne, indiquait le grand quotidien.

Norma pourrait-elle prononcer ces deux mots de victoire cette année-là ? Jamais elle ne s'était résignée à ce que les siens fissent le choix de la défaite.

Sur la page de gauche de son carnet intime, Norma écrivit : « Aujourd'hui, je ne supporte plus que la révélation des "angles morts" divise pour toujours ma famille. Après la bataille, j'ai soif de retrouvailles. Noël ! Noël ! »

II
Les lettres rouges

Cry « havoc », and let slip the dogs of war. (« Carnage ! » et alors seront lâchés les chiens de la guerre.)

WILLIAM SHAKESPEARE

Retour dans l'île

Dans le réduit qui jouxtait sa cuisine, Gwen fit démarrer l'antique moteur d'avion qui propulsait la brosse géante, fichée sur son axe d'acier : la machine à laver la vaisselle des Diskredapl depuis 1946. Comme à son habitude, sa femme de ménage – une Bretonne trapue importée de Douarnenez – enfila sa panoplie vétuste de scaphandrier « pieds-lourds » pour approcher, avec anxiété, une assiette sale de la brosse d'où jaillissaient des rafales d'eau savonneuse. Crispée derrière les hublots du casque, les yeux écarquillés, le jarret tendu et le poignet souple, la vieille parvint à nettoyer trois assiettes en conservant la totalité de sa main.

Satisfaite de cette passe d'armes, tout à son branlebas ménager qui faisait office de répétition pour les festins du lendemain, la *bonne* adressa à Gwen un regard de connivence ; mais cette dernière ne lui rendit même pas un demi-sourire. Une ride de souci barrait son front. L'heure n'était plus aux pirouettes.

Aux yeux de Gwen, les familles se divisaient à présent en deux folies : celle des faussaires invétérés et celle des drogués d'honnêteté. A quatre-vingt-dix ans, après avoir perdu deux fils victimes de ses silences, la vieille Diskredapl s'était rangée dans la deuxième catégorie. Son addiction au déni s'éteignait enfin. Au fil des ans, Norma était parvenue à lui planter dans l'esprit qu'il était concevable – inévitable même, pour la descendance – de choisir l'authenticité.

— Merci de m'avoir ouvert les yeux, lui lança la vieille Bretonne en jetant un regard au-dehors pour s'assurer que personne sur le port n'avait repéré Norma.

Pour plus de sûreté, Gwen ferma les rideaux du grenier.

Emue, Norma s'appuya sur l'hélice d'avion, fixée à la charpente par Félicien pour transformer cette pièce en un vaste séchoir à linge. Cet appareil surdimensionné avait pour principal effet de projeter des tornades de poussière sur le linge propre. Norma était touchée que sa grand-mère lui causât avec cœur, mais elle ne comprenait pas pourquoi Gwen avait tergiversé si longtemps avec la vérité. Pourquoi n'avait-elle pas parlé franchement dès la fuite de Malo en Amérique ?

— Comment as-tu fait pour tolérer une stèle funéraire au nom de l'un de tes enfants encore vivant ? lui demanda-t-elle avec autant de force que de tendresse. Ce délire dépasse l'entendement, même chez nous !

— L'unité de la famille… chevrota Gwen en soupirant. J'y ai tout sacrifié.

— Tu as d'autres secrets ?

Il y avait pire.

A mi-voix, Gwen confia à Norma qu'elle avait ravalé un fait indéniable : ses trois enfants nés après guerre – Zinzin et Gwenaëlle, ses chers jumeaux, et le fragile Casimir – étaient le fruit de viols commis par son époux, à qui elle avait interdit son corps depuis 1947. Sa petite-fille resta un instant pétrifiée, même si le nom de son géniteur n'avait pas été cité. De surcroît, avoua Gwen, son petit dernier, Casimir, était le rescapé d'une tentative d'avortement. Grosse de son mari, Gwen avait refusé que ses noces barbares fussent encore fécondes. A Quimper, la faiseuse d'ange lui avait pris son argent, pas son enfant.

— Mais l'existence de Casimir reste avortée, articula Gwen, stupéfaite d'oser être claire à ce degré. Sa carrière d'imitateur n'existe que dans ses songes ! Ce qui a été raté à Quimper, l'alcool est en passe de l'accomplir… au ralenti.

Gwen reprit son souffle et parla enfin à Norma du petit Titouan qui la bouleversait. Le sort de ce gamin obsédait son grand âge. Depuis qu'on avait prononcé le mot d'autisme au sujet de son premier arrière-petit-fils, elle considérait sa famille patraque avec une sorte de panique. Curieusement, Gwen attribuait l'autisme de cet enfant à la seule dégénérescence de son sang.

— Tu sais, mamie, murmura Norma, tu es splendide quand tu desserres les freins !

— Te souviens-tu de ce que tu disais gamine lorsque tu cherchais à te faire entendre à table ?

— Non.

— J'ai beaucoup de moteur et plus du tout de frein ! Tu as été toi-même très vite, ma chérie.

— Et que vas-tu faire à présent ?

— Noël est la fête d'une naissance impossible puisque le Saint-Esprit a conçu directement dans le sein de Marie.

— En effet, ça n'arrive pas souvent…

— Noël fête aussi la renaissance du soleil. C'est le moment que Dieu a choisi pour vaincre Satan en pariant sur l'innocence. Comme l'écrit saint Luc, rien n'est impossible à Dieu. Eh bien désormais, rien ne me semble impossible ! s'exclama la vieille catholique.

A l'autre bout de la maison en pierre, le moteur de Spitfire recommença à rugir. La vieille bonne s'entraînait à nouveau en risquant ses doigts. Téméraire, elle affrontait l'ahurissante machine à laver la vaisselle dont la brosse menaçante tournoyait comme une hache. Parfois, le son d'une assiette désintégrée retentissait dans la nuit. Ce n'était pas tous les jours que l'on avait à table autant de monde chez les Impensable. Mais la bonne s'était montrée sûre d'elle :

— Rien ne sera laissé sale ! Pour sûr !

Tout commence

A bord de la navette, les autres Diskredapl arrivèrent sans dommage dans le port assailli d'obscurité. On eût dit la même nuit bretonne et pleine de vent depuis des siècles. Les décorations offertes à l'île par les Impensable n'avaient pas été allumées ; mais on les devinait au son, innombrables. Le vent rauque les faisait tinter. A l'abri de ses volets, Keltoï veillait, tout comme le père Kersauzon. Ce qu'ils avaient vu l'un et l'autre les inquiétait. L'ouragan fermait la marche, derrière les brumes nocturnes du Raz-de-Locmaria qui semblaient une annulation du monde. Le gros œil du phare d'Ar-Gwall ne parvenait pas à percer cette ouate. Aucun feu au fond de la nuit.

Sur le quai livré aux rafales, fidèles à leur coutume, certains de nos turlupins ôtèrent leurs chaussures pour enfiler des sandales, malgré la neige. Manière de rappeler leur appartenance à un clan rebelle. Marie-Anne et Marie-Ange portaient des cadeaux cachés sous des tissus, que les petits apercevaient bien, tout en feignant de ne pas les remarquer. La croyance au Père Noël ne tient-elle pas du rituel d'apprentissage de la cécité en famille ?

Tous passèrent devant l'ombre de la grande statue de Népomucène, coulée dans le même acier que celui du phare d'Ar-Gwall. Son épitaphe orgueilleuse claquait sur le piédestal : « JE SUIS IMPENSABLE ».

Au bout du port, dans la maison de Gwen, très frottée, la voix de Félicien retentissait du fond du gosier du perroquet : « A table ! Tout le monde passe à table ! » La vieille Gwen et Norma entendirent depuis le grenier cette voix d'outre-tombe. Gwen songea alors qu'en argot cette expression – *passer à table* – signifie *passer aux aveux*, et cette exhortation de Félicien lui arracha un sourire.

Il était tard déjà. La soirée s'effilochait. Le bistrot de Maëlle était fermé. Nulle part où être gai. La nuit était trop avancée pour tirer un feu d'artifice ou envisager une conquête improbable. Ne restait que la possibilité de forniquer légalement – pour ceux qui disposaient d'une moitié motivée. De sa main droite à trois doigts, le vieux Keltoï ferma ses volets mités par le sel. Les Diskredapl filèrent prendre leurs quartiers à l'hôtel d'Ar-Gwall, non loin du bourg. Les dix chambres du premier étage avaient été réservées pour les fêtes. En chemin, ils aperçurent l'ombre massive du monument érigé à la gloire des îliens qui avaient rallié de Gaulle au lendemain du 18 juin 1940. Un bloc de mémoire. On ne pipa mot. Avec les pièces rapportées et sa descendance nombreuse, Gwen ne pouvait pas loger tout son monde sous son toit. L'hôtel d'Ar-Gwall, l'un des derniers établissements avant l'Amérique, offrait assez de bons lits pour que sa tribu se tassât confortablement.

Les Diskredapl se couchèrent vite, sans crainte pour le clan : aucune trace de Norma. La vérité leur sembla être restée à terre. La Saint-Sylvestre des Impensable échapperait à la fille aînée d'Hippolyte.

Le lendemain soir, tous pourraient se déguiser et s'amuser, comme chaque année, à ne plus être eux-mêmes. Enfiler une panoplie complète – portée lors de la messe de minuit – leur faisait l'effet d'un alcool fort.

Loïc Kermeur descendit à l'hôtel des Trois Homards, sur les quais. Tandis que l'hôtelière inscrivait son patronyme sur le registre, il aperçut un nom : Malo Diskredapl.

Passant devant la chambre voisine de la sienne, Kermeur remarqua alors une enveloppe rouge glissée sous la porte. Une main la tira vers l'intérieur.

Page de gauche

Allongée sur un matelas, Norma terminait de lire une lettre sur papier rouge. L'ombre de l'hélice du sèche-linge de Félicien obscurcissait son visage. Ebranlée, Norma nota sur la page gauche de son carnet :

« Soudain, j'ai peur de ne pas savoir convertir en joie ce qui arrivera dès demain matin. Aurai-je le courage de continuer à aimer mon père s'il me juge avec haine ? Comment accueillir avec sérénité ce qui va advenir ? Est-il possible de se retrouver après avoir traversé une telle vérité ? Pour la première fois, ma joie vacille. Mais si je perds ma joie, comment affronter ces retrouvailles ? »

Norma reprit son souffle et, tout à coup, prit conscience que les « vrais déguisements » achetés par son père à chaque Noël lui faisaient face. Il y avait là, dans ce grenier, de quoi déguiser une société disposée à n'écrire que des « pages de droite ».

Un jour, se promit-elle, elle irait couler des jours sereins dans une île où on la laisserait aller nue.

Les lettres rouges

Sur le coup de dix heures du soir, dix autres lettres rouges furent glissées sous les portes des dix chambres de l'hôtel d'Ar-Gwall. Les Diskredapl avaient reçu une photocopie du même courrier, où tous les i portaient leur point.

Dans la chambre numéro 10, Casimir avisa sa propre enveloppe, l'ouvrit sans méfiance et, tétanisé, relut aussitôt la missive qui tremblait dans ses mains. Le titre éclatait en gros caractères découpés dans de vieux journaux : « UNE VRAIE FAMILLE ». L'enseigne, ironique, n'était pas trompeuse. Un corbeau méticuleux y révélait en quelques pages les cinq secrets des cinq enfants de Gwen. Tous connus mais jamais formulés.

Casimir passa vite sur la nouvelle, à peine croyable, que Malo vivait et s'arrêta sur le paragraphe qui l'incriminait. Une main anonyme rapportait la raison véritable de son expulsion de l'Impensable S.A. à Berlin, quinze ans plus tôt, et rappelait de cuisantes précisions. Pour complaire à Félicien, Casimir avait tenté de restructurer à la hache leur filiale bancaire allemande. Un salarié berlinois humilié par lui s'était immolé par le feu au milieu de leurs bureaux, laissant une missive accusatrice. La lettre rouge reproduisait ce courrier manuscrit, en français, où ce père de trois filles le traitait d'assassin en mentionnant assez de détails probants. Le jeune Casimir avait remboursé à la veuve le prix du jerricane d'essence vidé pour carboniser son époux. Au pfennig près, afin que leur établissement bancaire ne dût rien à cette plaintive. Ce qui avait valu à Casimir, au sein des services berlinois, le surnom de Jerricane. Quel maître chanteur osait ces révélations acides ? se demanda Casimir, renvoyé au jeune homme sec qu'il avait été. Dieu merci, le corbeau ne s'était pas trompé de chambre en s'adressant à lui. Il ne fallait à aucun prix que cela fuite…

— Qu'est-ce que c'est ? demanda sa femme.

— Rien, répondit Jerricane en froissant le courrier.

Sur le point de s'endormir avec Marie-Anne dans la chambre voisine, la numéro 9, Hippolyte tomba lui aussi sur sa lettre rouge. Il ne s'attarda pas non plus sur le cas de Malo – qui le choqua tout de même puisque cette résurrection lui soufflait la position d'aîné –, ni sur le paragraphe accablant pour Jerricane dont il avait depuis longtemps percé le secret. Mais, avant même d'en venir au passage qui mettait en lumière son autre visage, Trop relut avec fièvre les lignes qui évoquaient le sort de Malo car sa femme, Marie-Anne, avait été fiancée jadis avec son aîné. Contractant pour ce coq une passion si intense qu'elle avait longtemps espéré son retour. C'était elle, Marie-Anne, qui avait insisté pour qu'on ne gravât jamais de date de décès sur sa stèle.

Trop ouvrit les yeux avec horreur : sur la lettre, il était écrit noir sur rouge que, cogné jadis jusqu'au sang par Félicien, Hippolyte avait frappé sa femme et ses deux filles pendant des années. Le texte reconnaissait qu'avec le temps, Trop avait appris à dominer ses accès de sauvagerie. Son couple était certes sorti de cette période cromagnonesque mais pas du silence, soulignait le corbeau.

La lettre faisait également état d'un souvenir atroce qu'Hippolyte, étranglé d'asthme, aurait bien voulu abolir. Un soir qu'il avait attaché Marie-Anne nue dans leur salon pour la torgnoler et qu'elle hurlait de terreur, Norma et Colombine avaient surgi en pyjama, serrant leurs doudous. Feignant de trouver la situation normale pour ne pas paniquer davantage – leur maman était tout de même menottée nue dans le salon et son arcade sourcilière saignait –, les deux petites filles avaient disparu en faisant semblant d'aller aux toilettes. Le lendemain matin, elles n'avaient rien osé demander. On n'en avait jamais reparlé. La lettre relatait tout cela, en termes pointilleux. La sensation de revivre son rêve récurrent, ce cauchemar où tous les secrets se disaient à ciel ouvert, revint à Hippolyte tandis qu'il inhalait sa Ventoline. Heureusement, songea-t-il en calmant ainsi ses poumons, que ce courrier infernal n'avait pas été déposé sous une autre porte. Il ne fallait à aucun prix ébruiter de telles allégations. Mais qui donc avait concocté ce règlement de comptes puisque Norma était encore sur le continent ? Gwen était trop civile pour jeter autant de fiel ; et aucun Diskredapl ne se serait permis de glisser sous sa porte un texte pareil. Etait-ce une manœuvre du commissaire Kermeur, capable de prêcher le faux pour découvrir le vrai ? Ce flic faisait profession de venir à bout de toutes ses affaires. Il avait très bien pu sortir de son hôtel et venir déposer cette missive anonyme. Dans l'île, on ne barrait aucune porte. Intriguée par l'état de son mari, Marie-Anne lut un passage de la lettre – pas celui qui évoquait leur passé de violence – par-dessus l'épaule d'Hippolyte. Elle souffla alors :

— Si Malo est parti à l'époque pour ne plus revoir votre père, s'il m'a abandonnée, c'est que ce qu'il savait sur Félicien était exact. Il en a eu la preuve. Jamais Malo ne m'aurait plaquée sur des on-dit.

— Qu'est-ce que tu racontes ?

— S'il revient, on le saura.

— Malo est mort ! tonna Hippolyte dans l'hôtel d'Ar-Gwall silencieux. C'est la lettre d'un pervers, d'un détraqué !

Pour la première fois depuis des années, Trop décocha une gifle à sa femme, un coup sévère qui partit sans crier gare. La marque de sa main s'imprima. Quand on contestait l'honorabilité de son nom, Hippolyte dérapait sanguin. Un autre homme déboulait, engorillé, primitif. Fou. Celui-là même qui restait encagé dans un recoin de son cerveau.

Dans la chambre numéro 2, Gwenaëlle ouvrit son exemplaire de la lettre rouge. Que Malo pût respirer encore quelque part sur le globe la bouleversa. Elle fut également chamboulée qu'un corbeau sût, avec un tel luxe de précisions, qu'elle entretenait depuis dix-sept ans une liaison ardente avec le frère de Markus, son mari ; mais pas autant que le cocu lorsqu'il lut la lettre qu'elle tenta de jeter.

— Qui d'autre est au courant ? lança Markus livide.

— Personne, lâcha-t-elle.

— Alors personne ne le saura jamais, conclut Markus en écrasant la lettre, pas même moi. N'adresse plus jamais la parole à mon frère et oublions ce moment qui n'a jamais eu lieu. Jamais.

— D'accord, s'entendit répondre Gwenaëlle.

Comment s'en tirer autrement ? Markus et son jeune frère Otto étaient tout l'un pour l'autre. L'unique repère d'une existence chavirée. Envisager une trahison d'Otto n'était pas imaginable. Par ailleurs, Markus ne pouvait admettre qu'une épouse eût trompé un mari aussi appliqué à la faire jouir – trois à onze fois par jour ! Paisiblement, il reprit son livre en cours de lecture. Gwenaëlle le vit esquisser un sourire alors qu'il se laissait fondre dans le roman plein de talent qui l'hypnotisait. Depuis son adolescence, Markus s'enfilait un volume par jour. La littérature le sauvait de lui-même.

Seule dans la petite chambre numéro 5, Marie-Ange, la veuve de Zinzin, était désolée pour Markus, affligée pour Gwenaëlle, effondrée au sujet d'Hippolyte et très choquée que sa jumelle ne lui eût jamais confié qu'elle avait été rudoyée à ce point. Mais elle fut surtout saisie de panique en apprenant que quelqu'un – mais qui ? – était au courant des conditions horrifiantes du décès de son mari, Zinzin. Qui donc s'était permis de rompre leur pacte de silence au sujet du latex ? L'individu qui avait rédigé cette lettre rouge voulait-il la faire chanter ? L'histoire véritable de Malo la glaça. S'il était exact qu'il vivait, Félicien avait bien été la canaille décrite par Norma – ce qui réveillait douloureusement son judaïsme ensommeillé. Faudrait-il qu'un jour Marie-Ange avoue à ses propres enfants – notamment à son fils Tangi, si né pour l'insouciance – qu'ils étaient hybrides d'un collabo actif et d'une famille qui comptait, tout de même, dix-sept disparus à Auschwitz ? Comment diable les informer de ce passé ?

Dans les chambres voisines, Tangi et sa jeune épouse ainsi que sa sœur étaient déjà au courant du passé de Félicien, de la violence d'Hippolyte, du crime indirect de Jerricane et de la longue liaison de Gwenaëlle avec son beau-frère Otto – tout comme les autres petits-enfants de Gwen, stupéfaits dans les quatre autres chambres qu'ils occupaient. La lettre circulait de main en main.

Blotti dans la chambre numéro 1, celle de Tangi (le fils de Zinzin) et Amélie, leur fils Titouan semblait le seul à ne pas saisir ce qui se passait dans cet hôtel. L'inexprimable de cette famille se condensait dans le regard absent de l'enfant. Le petit Titouan était l'incarnation d'une masse d'isolements. On percevait chez cet autiste une décroissance de vie, comme si ce gamin était une issue sur la mort, le trou noir par où se déversait la souffrance du clan.

L'aventure de la transparence avait commencé dans l'île, bien qu'il n'y eût pas dans ce courrier une demi-ligne sur le secret de Norma.

Mais les Diskredapl et leurs conjoints ignoraient encore que chacun avait reçu la même lettre. Fébriles, ils se demandaient tous comment, le lendemain, porter un toast en se mettant à la place de son voisin de gauche à table. Parviendraient-ils à jouer avec autant de désinvolture que les années précédentes à « Je suis mon voisin » ?

L'emmerdeur

Au petit matin du 24 décembre 2010, l'île des Diskredapl était blanche.

L'aurore traînait ses couleurs dans le grandissement du jour. Tout un monde ailé s'amusait en spirales, ricochait sur les bourrasques.

Le petit Titouan s'éveilla le premier, avec le désir d'éteindre le mode de vie qui le faisait souffrir. A trois ans, l'idée de la mort est plus celle d'une pause que celle d'un voyage vers le néant. A bas bruit, l'enfant se coula hors de la chambre numéro 1 et descendit les escaliers de bois sur la pointe de ses pantoufles. L'hôtel d'Ar-Gwall portait le nom du phare bâti par son aïeul suicidé. Tangi et Amélie, encore ensommeillés, ne s'aperçurent pas de la fuite de leur garçonnet.

Réveillé tôt, le commissaire Kermeur songea au même instant – dans son hôtel où il savourait un cigarillo – que toute expression de la vérité était chez les Diskredapl suivie d'un cataclysme qui supprimait l'un des leurs. A sa fenêtre, il vit sortir de l'hôtel des Trois Homards un homme svelte qu'un vieillard mutilé à la main droite – trois doigts ? – interpella. Le mutilé lui donna du Malo. La soixantaine tardive, ce gaillard équipé de sandalettes était beau. En grande santé, contrairement aux Diskredapl demeurés en Europe, il traînait un parfum d'ailleurs. L'homme s'immobilisa, retroussa le bas de son pantalon. Même faciès que celui de Félicien. Kermeur avait scruté ce dernier sur les clichés de famille des Diskredapl. Le mutilé et lui échangèrent quelques mots volés par le vent qui griffait tout ; puis le vieillard, troublé, se lança dans des explications. Loïc Kermeur ne les entendit pas mais perçut des intonations québécoises. L'homme se dirigea ensuite avec le vieillard en direction de la pointe occidentale de l'île.

Un décès de moins chez les Diskredapl, nota le policier. Il avait eu le nez fin de se déplacer sur l'île pour Noël. Mais pourquoi avait-on fait passer ce Malo pour noyé ?

Sur les quais, le suroît, annonciateur d'une dépression, soulevait la croûte neigeuse dans un grand souffle. Son élan glacial n'était freiné par aucun arbre à fourrure de lichen ni aucun rocher à peau de mousse. Au large, le vent avait de ces interruptions soudaines qui font partie des apprêts des typhons. Au-delà des grandes digues, tout n'était déjà qu'embrouilles marines, facéties de courants et brumes invincibles. L'océan noir rappelait que sur cette île de haute mer la peine de mort sévit toujours. Le climat et la géographie s'en chargent.

Le petit Titouan pénétra en pyjama dans la salle à manger silencieuse de l'hôtel d'Ar-Gwall. Il ne remarqua même pas le sapin des Diskredapl. Chaque année, Gwen faisait remplacer les boules de Noël par des suggestions de péchés pliées en papillotes – en hommage à Népomucène qui aima tant pécher. Seul, Titouan se sentait comme une île dans l'île. Il aperçut un buffet de marine, semblable à celui dans lequel Hippolyte avait dissimulé, à Genève, les archives de l'Impensable S.A. Le garçon l'ouvrit et se glissa à l'intérieur en se munissant d'une couverture épaisse. Le petit muet referma ce quasi-cercueil, sans savoir que ses gestes étaient l'exact écho de ceux de Félicien. Dissimulé dans la boîte, Titouan posa la couverture sur son visage.

Peu à peu, les Diskredapl descendirent prendre leur petit déjeuner. La bonne humeur régnait. On s'empiffrait car à Noël l'abstinence leur semblait une faute. Marie-Anne avait recouvert de fond de teint son bleu à la joue de sorte que l'on pût faire semblant de ne pas le noter. Les bons mots de Félicien fusaient, ressuscitaient son bel esprit, sa pavane hilarante. Chacun ignorait que tout le monde savait déjà tout, sauf l'essentiel : le petit Titouan était en train de mourir dans la même pièce. Sous la couverture et dans l'obscurité, l'enfant de trois ans s'asphyxiait. L'air ne filtrait pas dans le coffre réchappé jadis du naufrage d'un grand clipper.

Ses parents déboulèrent enfin, demandant si l'on n'avait pas aperçu leur mouflet. Amélie, sa jeune mère, sortit pour s'assurer que Titouan ne s'était pas aventuré dans l'île. Avec la poudreuse qui était tombée, le gamin n'irait pas bien loin. Ses petites traces signaleraient son chemin. Dans le buffet, l'autiste n'eut aucune réaction. Vivait-il encore ? Se goinfrant d'œufs brouillés et enchaînant les mots d'esprit, l'ogresque Hippolyte était égal à lui-même : un désespoir au sourire éclatant. Un sac de peau traversé d'énergie.

— Si Malo vit encore, lâcha soudainement Marie-Anne, je divorcerais bien pour l'épouser.

Chacun se tendit. On attendait la réplique assassine d'Hippolyte ; mais, déterminé à ne pas se laisser déstabiliser, ce dernier déclara avec bonne humeur :

— Si Malo vit encore, je veux bien être cocu !

Une porte donnant sur l'extérieur s'ouvrit. Le noyé de 1961 entra pieds nus, équipé de sandales. Malo les dévisagea tous, un à un, effaré de voir ce que ses frères et sœur – et son ancienne fiancée – étaient devenus en un demi-siècle.

Marie-Anne s'évanouit et tomba au sol, en se faisant un deuxième bleu au visage. Cet homme splendide, elle avait tant désiré son retour. Des souvenirs… c'est ce que Malo offrait de mieux aux filles en 1961. Markus, l'époux de Gwenaëlle, fut alors pris d'une crampe au ventre en songeant qu'il lui faudrait, peut-être, repenser à cette lettre rouge qui avait donc dit vrai. Nauséeux, il sortit discrètement.

— Qui a eu l'idée déplaisante de mettre une stèle à mon nom dans le cimetière ? interrogea Malo.

Sa voix chaude n'avait pas changé.

Un mort déboulait tandis que le fragile Titouan, occupé à lamper d'ultimes gouttes d'oxygène, s'efforçait non de périr mais d'anéantir sa triste existence. Le sourire aux lèvres, Hippolyte répondit à son aîné :

— Nous n'avions plus ton adresse, Malo. Il fallait bien te localiser quelque part !

La génération des petits-enfants de Gwen, estomaquée, eut alors confirmation qu'il s'agissait bien de leur oncle noyé, en grande forme.

Casimir persifla à son tour :

— C'est bien ce que je pensais, les fantômes ne vieillissent pas. Malo, tu es superbe. Du café ou du thé ? Œufs brouillés ?

— Tu sais bien que les fantômes ne se nourrissent pas, fit observer Gwenaëlle, prête à rire tant elle était remuée.

— Je ne vous trouve pas drôles, lâcha Malo. J'étais en Amérique, au Québec, chez les Indiens Micmacs.

— Les Micmacs maintenant… Tu plaisantes, je suppose ?

Paniquée, la mère de Titouan fit irruption dans la salle à manger de l'hôtel, haletante et couverte de flocons :

— Titouan n'est pas dehors. Il n'y a aucune trace de pas dans la neige ! Il est là, dans cet hôtel ! Qui l'a vu ?

Tous restèrent bouche bée. Amélie fonça inspecter les chambres à l'étage tandis qu'au loin retentissait dans l'île le vrombissement du moteur du Spitfire abattu en 44. La machine à laver la vaisselle des Impensable reprenait du service.

Dédaignant le café que lui servit Hippolyte, Malo regardait la tempête de neige qui, au-dehors, redoublait. Au premier étage, on entendait les pas hâtifs d'Amélie qui pénétrait dans toutes les chambres de l'hôtel, questionnait à la volée, déverrouillait les placards clos de cette famille. Et ouvrait les portes, même fermées à clef, d'un coup d'épaule. Au passage, elle bouscula celle qui lui fit découvrir Markus, sur le point de se pendre, en train d'accrocher un cordon de rideau à la chasse d'eau des toilettes. Sans s'attarder, Amélie le gifla trois fois en criant :

— Ah non, pas toi !

Gêné, sortant aussitôt de son désarroi, Markus rangea le cordon.

Dans la grande salle, Malo demanda alors à ses frères et à sa sœur :

— Savez-vous comment papa est mort ?

— Le jour de l'anniversaire de maman, articula Hippolyte avec émotion.

— Non, cinq jours plus tard, rectifia Malo. Seul et devant vous tous.

— Tu n'étais pas là, coupa Gwenaëlle.

— Peut-être mais Félicien était là… à son propre enterrement. Et même au cimetière lors de l'inhumation.

— Qui ? demanda Casimir qui, comme les autres, n'avait pas bien saisi puisque tous se figuraient encore que le vieux Félicien s'était noyé.

— Papa était vivant dans son cercueil ! Il voulait assister à son enterrement en douce. Keltoï vient de me l'avouer. Sa bière n'a jamais été vide.

Un frisson parcourut la pièce.

A l'étage, la mère de Titouan hurlait en demandant aux uns et aux autres où se trouvait son petit garçon. On devait organiser une battue !

Malo poursuivit :

— Félicien désirait sortir de sa boîte à la fin des discours et clore en beauté sa légende. Mais la farce a tourné court : la vérité l'a condamné à mort, celle qu'une voix a révélée dans la brume ce jour-là, et que vous n'avez pas voulu entendre, m'a-t-on dit.

Provoqué, Hippolyte baissa les yeux. Tandis que Titouan finissait de s'asphyxier, Malo continua :

— Félicien, lui, l'a écoutée, cette vérité, avant de croquer l'ampoule de cyanure de Keltoï. Eh oui, ce collabo s'est suicidé en résistant. Devant vous tous, seul dans sa boîte. Sous votre nez. Et vous n'avez rien vu, rien entendu ! Rien ! Personne ne voit jamais rien dans cette île.

— Qu'est-ce qui te permet de dire ça ? riposta Hippolyte. Tu disparais cinq décennies et tu te permets de nous dire qui nous sommes !

— Parce qu'en cinquante ans je suis déjà revenu cinq fois dans l'île et jamais vous ne m'avez repéré. La dernière fois, il y a quatre ans, je me suis assis au fond du bar de chez Maëlle pendant deux heures et toi, Hippolyte, tu ne m'as pas reconnu. *Alors que j'étais en face de toi.* Tu pérorais ! Tu ne vois pas les tiens ni personne !

A l'étage, Amélie hurlait qu'on lui rende son enfant, clamant que Titouan était forcément caché quelque part. Ebranlé par l'attaque fondée de Malo, Hippolyte fixa le coffre, semblable à un cercueil et à celui qui recelait les archives de Félicien, à Genève. Saisi par une intuition horrible, il l'ouvrit.

Titouan était là, blanc.

Cette fois, ce fut au tour d'Hippolyte de flancher. Il n'avait pas supporté de voir.

Tangi bondit et secoua ce petit être expirant, au moment même où Amélie apparut sur le seuil de la porte. L'enfant toussa. L'air revint dans ses petits poumons. On se signa, on pleura, on toussa de rire. Son isolement durerait encore. D'instinct, on se détourna de Malo.

Chacun pensa aussitôt que c'était lui, Malo, qui, la veille au soir, avait glissé l'affreuse lettre rouge, cette missive anonyme qui créait de l'irréversible. C'était évident. Puisque Norma se trouvait encore à Paris, la vérité n'avait pu pénétrer dans l'île que par ce donneur de leçons, revenu se venger de ne pas avoir été reconnu lors de ses retours dans l'île. Pouvait-on qualifier de courageux un homme qui avait fui si longtemps à l'autre bout de la planète ? Cette réunion clanique était bien un obus dont Malo s'était chargé de fournir la poudre. Mais personne ne comprenait au juste comment le fils aîné de Gwen, exilé chez les Micmacs pendant un demi-siècle, avait pu glaner autant de détails sur les doubles-fonds de l'existence de ses frères et de sa sœur. Qui l'avait renseigné ?

Pourtant, c'était certain, Malo était le corbeau.

L'indésirée

Chez Maëlle, au bar, Loïc Kermeur commanda un grog. Tracassé par l'envie de fumer, il s'occupait en regardant tourner les vents. Autour de lui, chacun se faisait son avis sur cette neige, assez rare dans l'île. D'autant qu'au large, tout était à son comble. Le mariage du ciel et des eaux se célébrait par une tempête. Les unités les plus solides de l'île ne sortaient plus. En cas de naufrage, aucun navire sauveur ne pourrait intervenir, déclara Le Goff, le maire. Sauf peut-être l'*Abeille-Flandre*, le remorqueur monstrueux qui veillait aux alentours sur la détresse des grands pétroliers et des porte-conteneurs mastodontes.

Sans préambule, Loïc Kermeur déclara aux îliens accoudés :

— On dit qu'entre 1940 et 1944, les femmes de l'île ont été violées pendant que les hommes d'ici se battaient pour la France Libre. On dit qu'elles ont été abandonnées aux appétits de la garnison allemande, comme à Sein. On dit que le curé n'a pas pu protéger les femmes et qu'il n'a pas voulu qu'on en parle à la Libération. On dit aussi qu'il y a eu de nombreux avortements et que certaines grossesses sont arrivées à leur terme. On dit cela sur le continent. Qu'en dites-vous ?

Le café se figea. Les visages cuivrés par la mer, cuits par l'alcool et les silences, s'immobilisèrent. Au loin, on percevait le bruit des collines d'eau qui dévalaient sur les digues et ne lâchaient prise que pour, inlassablement, brutaliser les défenses du récif. Le Goff surveillait ses électeurs. Allait-on étouffer cet étranger ?

— Je suis commissaire de police et j'aime la vérité. Même difficile.

— Ce qu'on dit est juste, lâcha Yann sans rien ajouter.

Les vaillants îliens, si souvent rudoyés par les tempêtes, furent pris de vertige et projetés au bord d'une colère assassine. Ne pouvant rien contre un commissaire du continent – ni contre le solide Yann à qui personne n'osa jamais chercher querelle –, ils sortirent un à un sur le quai embrumé qui, doucement, passait par tous les degrés de l'amoindrissement. Aucun n'ouvrit les lèvres, pas même Le Goff. Yann sortit à son tour pour ne pas rompre avec l'île. Le pêcheur ne pouvait pas exister ailleurs. Le Raz-de-Locmaria le mettait seul en présence de sa vitalité. Maëlle, qui avait pour habitude d'user le temps à se taire, continuait de ranger ses verres.

La méthode de Kermeur était de formuler l'inaudible. Il saisissait ses interlocuteurs d'émotion pour fissurer leur mutisme. Rude mode opératoire. Mais cette fois ce fut lui, Loïc Kermeur, qui fut tourneboulé en voyant surgir du brouillard la silhouette de Norma. Le visage de la jeune femme se précisa et lui empoigna l'âme. Une face miraculeuse, des yeux perçants, à fendre les illusions. Elle était à la recherche d'une vie transparente. Sauf que pour lui c'était une utopie, pas une existence. Mais comment diable avait-elle débarqué dans l'île ? Norma progressait vers le bar au milieu de tournoiements de neige fine.

Elle entra dans la café. Sensuelle, Norma crispa Loïc Kermeur. Mais derrière le désir, tout de suite se dessina une émotion effrayante, quelque chose qui ressemblait à un sentiment, qui dépassait l'attraction et s'en allait chercher le cœur. Le policier recula d'un pas.

— Vous, ici ? lancèrent-ils de concert.

Tous deux éclatèrent de rire tant leur question avait été simultanée.

— Un grog, commanda Norma.

Maëlle hésita et se dirigea à l'opposé de la cuisine. Sa grosse tête entraînait comme un fruit lourd la branche raidie de son vieux corps. Devait-elle servir l'indésirée qui jaillissait ainsi du brouillard ? Que n'était-elle restée sept ans auparavant dans les limbes gris du cimetière...

— Je crois qu'on vous a commandé un grog, reprit le commissaire.

Maëlle la servit alors, en se demandant pourquoi le capitaine de la navette avait consenti à embarquer la fille d'Hippolyte à Audierne. Ce dernier n'ignorait pourtant rien des interdits de leur brève communauté. Loïc s'écarta un peu, afin de respecter un écart minimal de deux mètres entre lui et la cause de son malaise. Norma le nota aussitôt.

— Comment êtes-vous arrivée dans l'île ? demanda Loïc sans la dévisager.

— Yann Kermarec, le pêcheur, m'a conduite hier. J'ai raté le bateau du soir. Yann sait la mer et le Raz comme sa poche.

— Pourquoi êtes-vous ici ?

— Ma grand-mère fête ses quatre-vingt-dix ans, et sans doute son dernier Noël. Elle voulait que tout le monde soit réuni. Je loge chez elle en face de l'église, dans le grenier.

— Votre oncle québécois est également arrivé. Le mort est en forme. Il est descendu avant-hier aux Trois Homards.

— Malo ?

— Vous ne paraissez pas surprise.

— Cela fait presque trois ans que nous échangeons du courrier, des courriels, des photos. Depuis que j'ai découvert qu'il vit dans le Grand Nord. Nous nous sommes croisés par hasard à Montréal, dans un café. Tous deux, nous savons ce qu'il en coûte dans notre famille d'accepter de voir ce que l'on voit !

— Vous ne pouviez pas me le dire ?

— Commissaire, sourit Norma, vous m'avez défendu de vous parler en vous approchant à moins de deux mètres.

Derrière le comptoir, feignant la distraction, Maëlle écoutait l'air de rien, comme jadis dans son écouteur de bakélite des PTT.

Norma tenta de capter le regard évasif de Loïc dans le reflet du miroir du bar, mais le policier se déroba. Elle sortit sa lettre rouge d'une poche et la fit glisser sur le zinc. Loïc hésita, attendant une explication.

— Cette nuit, commença Norma, j'ai reçu cette lettre formidable, inespérée. On l'a glissée sous ma porte. Ma grand-mère a reçu la même.

Loïc lut les quelques pages incendiaires, s'étonna qu'il ne fût pas question dans ce courrier du secret de Norma ; puis il souleva un sourcil interrogatif :

— *Formidable, inespérée* ?

— Nous sommes capables d'affronter ces secrets.

— Je ne le crois pas.

— Faites confiance aux gens, commissaire ! Ma famille mérite la vérité.

— Qui a écrit ce tissu d'horreurs ? Malo ? Le père Kersauzon ? Il sait tout ici le curé, non ?

— Ou vous, commissaire… osa Norma.

Maëlle ne perdait pas un mot.

Loïc Kermeur réfléchit et posa la seule question qui devait être posée :

— Qui va mourir à présent ?

Le jour de la vérité

« A table ! Tout le monde passe à table ! » ordonna la voix de Félicien dans la maison de Gwen.

Les Diskredapl prirent siège dans la grande pièce parquetée dominée par un arbre de Noël décoré de papillotes qui, à l'intérieur, suggéraient des péchés délicieux. La tradition était suivie. Vaste table en bois massif, couverte d'une nappe blanche à plis cassés et de fausses roses blanches – apportées par Marie-Anne et Marie-Ange. Une gaieté ostentatoire régnait, suscitant le malaise. On dégustait en apéritif des fruits de mer ; ce qui occasionnait des plaisanteries. On se rappelait de beaux fous rires lorsqu'on avait joué, les années précédentes, à « Je suis mon voisin ». Le curé de l'île était là, invité comme de coutume. Parfois, la bonne passait en tenue de scaphandrier, maugréant qu'elle finirait bien un jour par périr dans cette machine à laver. Les enfants s'installèrent autour de la table qui leur était réservée.

Hippolyte croisa Norma en se gardant bien de la frôler ou de la saluer. L'œil tendu, il nota qu'elle n'avait pas les pieds nus. La violence de Trop couvait d'autant plus que Norma, loin d'être gênée, était radieuse de revoir les siens. On la devinait confiante dans ce qui pouvait advenir de ces retrouvailles. De retour dans le foyer ardent du déni, il ne fallait pas qu'elle dérogeât à sa joie. Son optimisme absorbait les forces de résistance qu'on lui opposait pour les réorienter vers des relations incertaines, qu'elle espérait moins brutales.

Hippolyte s'assit aussi loin d'elle qu'il le put.

Norma finit par se glisser enfin entre Malo et le fils de Casimir, les seuls qui osaient lui causer un peu et répondre à ses sourires détendus. D'un geste sec, Hippolyte décapita une bouteille de Dom Pérignon. Gwen refusa la coupe et leva un verre d'eau :

— Mes enfants, mes petits-enfants, vous tous qui m'êtes si chers, cette année nous dérogerons à notre coutume. Nous jouerons à « Je suis mon voisin » en fin de repas. Laissez-moi d'abord boire au courage que vous avez tous eu de venir me parler ce matin. Pour me montrer ceci…

Gwen sortit de son sac une liasse de lettres rouges qu'elle posa sur la grande table.

— Nous avons tous reçu la même lettre rouge.

Avec dignité, elle reprit son souffle et poursuivit :

— Une lettre bien difficile à lire. Et à admettre. Malo, à qui je souhaite la bienvenue, a également reçu la sienne.

Silence extraordinaire, cristallin.

Chacun comprit qu'il était dévoilé aux yeux de tous. Sur qui rejeter sa colère d'être ainsi mis à nu devant les siens ? Norma à portée d'insultes, l'irritant Malo, ce commissaire étranger ? Quelqu'un d'autre ? Le père Kersauzon restait coi, corseté d'angoisse. Craignait-il pour son île ou pour lui-même ?

Gwen continua :

— Cette lettre, intitulée *Une vraie famille*, je l'ai aussi reçue hier soir. Elle comporte une omission de taille : mon propre cas.

Où Gwen voulait-elle en venir ? se demanda Norma qui se remémorait leur conversation franche de la veille. La vieille Bretonne souffla :

— Si nous devons tous patauger dans la vérité, je souhaite vous y rejoindre…

Gwen toussa et, avec un courage total, osa dire :

— Pendant la guerre, j'ai aimé. Secrètement.

La vieille dame n'en menait pas large. Le curé savait ce que Gwen allait dire ; et il réprouvait cet aveu de toute son âme. Pourquoi diable son amie se ruait-elle vers la catastrophe ? D'instinct, l'homme de foi se roidit contre l'épreuve. Norma respira, prête à accueillir l'inattendu – aussi rude fût-il. Hippolyte s'astreignit à sourire. Jamais il n'avait eu aussi peur.

— J'ai aimé un officier allemand. Un caractère d'envergure. Un cœur intelligent. J'ai même eu l'honneur d'être grosse de ses œuvres, le 4 août 1944, la veille de la libération de l'île. Notre seule nuit, comme dans un rêve. Devinez comment il s'appelait ? Hippolyt, sans e. Asthmatique et boiteux… rescapé d'une unité saxonne, hachée en Russie.

Gwen rayonnait d'être parvenue à exprimer avec justesse, le jour de ses quatre-ving-dix ans, ce que toute une vie elle avait ravalé. Pour la première fois, elle se découvrait.

Impavide, Norma acceptait tout. Sa force d'âme était à la mesure de sa joie incoercible, de ses ressources face aux vents contraires.

Regardant Trop avec amour, Gwen précisa :

— Il m'a respectée tout au long de l'Occupation. Ce charmant Allemand. Pendant des décennies, j'ai attendu son retour. Tous les matins, j'allais au bout du quai attendre le bateau du matin. Qu'il pleuve ou qu'il gèle, j'ai attendu au bout du quai.

Marie-Anne et Malo échangèrent des regards tendres, par en dessous. Eux aussi avaient longtemps espéré. Anéanti de toutes parts, Hippolyte ne le sentit que trop. Norma était fière de sa grand-mère qui, soudain, justifiait les courages qu'elle avait eus. Tous manquaient d'air, sauf la vieille dame, qui enfin respirait.

— Tandis que mon mari, lui, ne m'a jamais respectée, continua Gwen. Gwenaëlle, Edern et toi aussi Casimir, vous êtes tous le fruit d'un viol… légal. Mais ça, Gwenaëlle, tu le sais déjà…

Le prêtre ne parvint pas à articuler un mot. Comment colmater une brèche pareille ?

— Pourquoi le sait-elle ? demanda Jerricane accablé.

L'air était lourd, poisseux, presque irréel.

— Lorsque ta sœur a épousé Markus et que l'île s'est indignée de sa passion pour un Allemand, je le lui ai confié, expliqua Gwen avec simplicité. Entre femmes.

— Pendant un quart de siècle, Gwenaëlle a donc su ce secret ? s'enquit Casimir en descendant d'une traite sa coupe de champagne.

— Oui, lâcha Gwenaëlle.

— J'ai été conçu… le 4 août 44 ? Le dernier jour des Boches ? reprit Hippolyte sonné.

— La veille de la Libération. Le jour même où, cinquante ans plus tard, tu as eu l'accident qui t'a fait boiteux, comme lui. Ton père a décampé le 5, avec ses hommes. Et mon cœur s'est brisé à jamais.

— Hippolyt sans e… articula Hippolyte abasourdi, vit-il encore ?

— L'amour de ma vie a fini dans les neiges de Poméranie à la fin de la guerre. Je ne l'ai appris qu'en 1967, l'année où j'ai cessé d'aller au bout du quai. Sa photo est là.

Gwen désigna un cliché posé sur la cheminée de pierre sur lequel figurait un bel officier allemand en poste sur l'île en 1943-1944. Tout le monde connaissait ce tirage. On l'avait conservé pour ne pas oublier cette époque difficile où les Allemands étaient là, en garnison, et pour se souvenir des souffrances de la guerre, sans imaginer un seul instant que cette photographie en noir et blanc représentait un amour insubmersible. Une passion dont le fruit portait un prénom – Hippolyte, avec un e – destiné à ne jamais oublier l'amant qui en avait été l'objet. Souriante, assimilant sans réticence tout l'inattendu de cette origine épineuse, Norma songea que la moustache de Félicien n'était pas leur secret de famille le plus visible : le nez des deux Hippolyt(e) était identique ! Le fils portait toute son hérédité sur son visage et dans sa chevelure blonde.

— Etait-il anti-nazi, au moins ? gémit Hippolyte, prêt à fléchir. Comme papa…

— Non, amoureux du Reich et de moi. C'est ainsi.

— *Un cœur intelligent amoureux du Reich*… répéta quelqu'un entièrement sonné. Il ne manquait plus que ça…

— Quant à Félicien, continua Gwen, il n'a jamais été anti-nazi, mon chéri. Norma a dit la vérité. Et tu le sais, Hippolyte, puisque c'est toi qui as purgé les archives de la banque…

— … planquées dans le coffre qui se trouve dans notre salon, à Genève, sous le portrait de grand-père, déclara Colombine en souriant tendrement à Norma. La clef du coffre est cachée derrière le tableau.

— Non… était cachée, s'entendit dire leur mère Marie-Anne en faisant un signe de connivence à sa jumelle et en posant la clef en laiton du coffre de marine sur la pile de lettres rouges.

L'asthme d'Hippolyte commençait à lui bloquer les bronches. A bout de vivre, son gros cœur calait. Effrayé, le vieux curé de l'île crut charitable d'intervenir. Les mains crispées sur la vieille table, il se lança :

— Mes enfants, cette lettre délatrice n'est peut-être pas exacte. Il ne suffit pas qu'un courrier soit anonyme pour qu'il dise vrai !

— Il est pourtant exact que nous avons eu, vous et moi, mon père, une liaison après la guerre, rétorqua Gwen d'une voix ferme en posant sur l'amas de lettres rouges une missive amoureuse, signée par le prêtre. Souvenez-vous mon père, ce fut merveilleux !

Et elle ajouta :

— A l'époque, vous m'écriviez fort bien !

L'estocade ! Le brave Kersauzon avait voulu plagier le Christ et il se révélait victime de la chair. Norma demeura médusée : sa grand-mère était-elle prête à *tout dire* ? à ceindre à son tour la couronne d'épines de l'emmerdeuse familiale ?

Le curé s'enfonça sur sa chaise. Cet homme n'était pas du calibre de Norma. Kersauzon était inapte à reconnaître la beauté de sa liaison ancienne avec

Gwen. Tout en lui se débattait face à l'homme qu'il avait été dans cette foucade. Mais en cette veille de Noël, plus rien ne jugulait la vérité. Jamais dans l'île un solstice n'avait mieux marqué le retour des jours lumineux.

Les bronches à la peine, Hippolyte tétait sa Ventoline pour s'aérer le thorax.

Le fils de Casimir, lui, commençait à respirer. Sous l'œil ahuri et bienveillant de Norma, il ajouta :

— Comme il est vrai que papa est aujourd'hui alcoolique. Et que sa carrière d'imitateur est une fable !

Frappé dans sa fierté, Casimir-Jerricane encaissa.

— Comme il est également exact que Marie-Ange et moi sommes juives, souffla Marie-Anne en flétrissant une fausse rose. Oui, nous sommes issues de Marseille, de ce quartier israélite vidé en 43 par les complices de Félicien qui a effectivement raflé les biens de notre famille. En spéculant… Inouï, non ?

« Trop de Juifs ! Trop de Juifs ! » répéta la voix de Félicien surgie d'un passé infâme.

Radieuse, Norma avait gagné la partie. Non pas pour elle mais pour les siens. Pantelants, ils étaient sur le point de retrouver leur énergie.

En cascade, les pudeurs de chacun volèrent en éclats. Enivrés de se déverrouiller sous l'œil souriant de Norma, perdant presque la boule, les Diskredapl continuèrent à se saouler d'aveux – comme si cette purge devait être l'ultime tentative d'aller racler le fond du fond. Une manière d'en finir avec la querelle qui les divisait. L'acquiescement au vrai fut alors total, sans que l'on eût ensuite besoin de jouer à « Je suis mon voisin ». Gwenaëlle avoua sa liaison avec son frère Zinzin, sa découverte avec lui du plaisir d'être souillée. Sept ans après les paroles de Norma au cimetière, il sembla tout à coup possible d'explorer le noir maquis de leurs dénis. Hippolyte murmura quelques mots au sujet de la fragilité de son cœur et des finances de l'Impensable S.A. Colombine expliqua que, sous-alimentée, elle mourait effectivement à petit feu, comme la banque qui portait leur nom. Tangi confessa avoir fait l'amour avec sa belle-mère le jour de son mariage, juste avant de dire oui à son Amélie. Sa jeune épouse lâcha qu'à force d'augmenter le nombre de ses allergies alimentaires, elle ne survivrait guère plus longtemps que Colombine. Markus s'interrogea à voix haute : comment pourrait-il pardonner à sa femme son amour échevelé pour son frère Otto ? On parla avec frénésie, et pour la première fois librement, de l'homosexualité pratiquante de Népomucène, de son suicide en compagnie d'un amant mitré et de l'évidente bisexualité de Zinzin.

Kersauzon, lui, paraissait hébété par l'irréalité des turpitudes de cette famille qui, tout de même, dépassaient le ratio de folies de ses autres ouailles.

Norma semblait leur avoir transmis le virus de la lucidité aventureuse ; mais curieusement, cette dernière ne voyait toujours pas l'évidence qui la concernait, l'identité de son violeur dont elle avait pourtant noté, à l'époque, qu'il était pieds nus pendant qu'il lui déchirait l'âme. Heureux de ne plus lutter, les Diskredapl sacrifiaient leur honneur. Un étrange sentiment de fraternité se forgeait entre eux. Toutes les vérités semblaient bonnes à dire puisqu'on les disait en chœur. On avait communié dans le refoulement, on communiait dans l'aveu.

Au faîte de sa joie, confiante dans les capacités de changement des siens, Norma ôta ses chaussures sous la table. Ses pieds étaient désormais aussi nus que ceux des autres Diskredapl.

Dans la cuisine, Yann écoutait chaque mot par la porte entrouverte. Venu livrer le produit de sa pêche à Gwen – un congre énorme attrapé lors de sa traversée du Raz avec Norma –, il demeura muet. Après un tel coup de grisou, comment les Diskredapl allaient-ils se supporter les uns les autres ? se demanda-t-il. Peut-on pardonner à autrui de vous avoir vu vil, tricheur et lamentable ? Les soutes du navire étaient nettoyées, mais permettraient-elles encore la flottaison de leur tribu ? La victoire de Norma ne sonnait-elle pas le glas de leurs liens déjà fragiles ?

— Mon Dieu, murmura le prêtre de l'île lorsqu'on lança une musique rythmée, pardonne-leur. Ils ne savent pas ce qu'ils font…

Debout sur la table, les Diskredapl se mirent à danser, sans retenue. Les corps se lâchèrent. La nécrose lente de leur clan n'aurait peut-être pas lieu.

Mais la peur n'avait pas quitté l'île…

Fuir, de toutes les manières !

A quinze heures trente, Norma – pas encore remise de ce déjeuner irréel – aperçut un attroupement sur le quai réservé à la navette pour Audierne. Silencieux, les nerfs en éveil, les Diskredapl étaient tous agglutinés sur le quai des Brestois, à l'exception de Gwen.

Ils avaient remis leurs chaussures.

Au loin, derrière la brume, on entendait tourner la machine à laver des Impensable. Son bruit d'avion de chasse donnait la sensation qu'un Spitfire allait piquer sur l'île pour la punir d'avoir osé accepter son histoire.

Hippolyte boitillait en sifflotant. Gagnés par une fièvre d'évasion, les Diskredapl attendaient la navette de l'après-midi. Ils évitaient de croiser Norma qui les fixait avec sidération sur le quai. La fille aînée d'Hippolyte comprit alors que le déballage du déjeuner et la scène de danse sur la table de Gwen avaient tenu de la transe provisoire. Passé la griserie des aveux, les Impensable ne se supportaient plus. Anéantis, regorgeant de griefs, il leur fallait rompre une promiscuité intolérable. Dans un retournement, l'union des cœurs s'était effilochée. La fâcherie était réapparue, non dite mais palpable. Tandis qu'une accalmie des eaux et une dissipation du brouillard semblaient rendre à nouveau possible la traversée vers le continent, chacun se demandait quelle âme de boue avait bien pu commettre cette lettre rouge scélérate. Sur le quai glacé, on sentait cette tribu au bord d'en découdre.

Le capitaine de la navette – un pilote adroit dans le Raz, sachant besogner la tempête comme personne – surgit de la cabine de son navire. D'une voix de fausset, il déclara :

— La traversée de 15 h 30 est annulée.

— Annulée ? reprit Hippolyte blême.

— L'accalmie cessera d'un instant à l'autre. Nous restons cette nuit encore à quai. L'ouragan qui s'en vient va vous faire regretter la brise de ce matin…

— Ne peut-on pas forcer sa…

— … sa chance ? reprit le capitaine. Sans moi ! Quitter aujourd'hui l'île, c'est voir sa fin.

Sa pratique du danger interdisait toute contestation. A peine le capitaine eut-il achevé sa phrase qu'un banc de brume envahit le quai blanchi par la neige et les effaça tous. Norma perdit de vue les siens. En quelques instants, les Diskredapl n'eurent plus à supporter le poids de leurs regards. Le suroît réapparut, en grande vigueur. La tempête revint comme jamais. La vie noyée des profondeurs se réveillait. La protestation millénaire du Raz-de-Locmaria donnait à nouveau de la voix. Une vague, tirant à elle toutes les fureurs de l'Atlantique, pulvérisa soudainement une des digues, la plus lointaine. On l'entendit craquer sous l'eau souple et massive. Mais les autres digues tinrent bon.

Les lâches Impensable adoptèrent alors la seule attitude qui leur sembla envisageable. Plutôt que de s'étriper, ils firent comme si cet effroyable repas chez Gwen n'avait pas eu lieu. Les lettres rouges n'avaient été ni glissées sous leur porte, ni contestées, ni même décachetées. Quelle lettres ? La clef en laiton du coffre des archives n'avait pas non plus été déposée au centre de la table. Pas plus que la lettre d'amour du père Kersauzon !

Dégoûtée, Norma eut envie d'aller copuler pour que la journée ne fût pas perdue. Le sexe inopiné était pour elle une compensation aux lâchetés de notre espèce. Quand la vie la consternait, elle aimait se donner à corps joie.

Les Impensable entamèrent alors une bataille de boules de neige aux allures de cache-cache, avec une légèreté gamine qui renvoyait aux années d'insouciance. Du temps qu'on était fier d'être né Diskredapl. Frivoles, omettant tout à fait Norma, ils se mirent à jouer une guerre sans dangers, à s'affronter juste pour rire. Les boules de neige ne visaient personne en particulier et tous au passage. L'angélique bataille se prolongea jusque dans le cimetière où l'on s'amusa sur les tombes effacées par la molle poudreuse. La mort était gommée. Hilare, Hippolyte en oublia sa violence.

De retour à l'hôtel d'Ar-Gwall, avec leurs bagages et leurs hottes garnies de cadeaux, les Diskredapl étaient à nouveau eux-mêmes : primesautiers, prêts à se déguiser, abominables. L'assommante Norma était semée. Hippolyte n'était plus le fils d'un Allemand ni le gorille qui avait soi-disant roué Marie-Anne et ses filles. Gwenaëlle n'avait pas forniqué avec son jumeau de quinze à dix-sept ans. Colombine n'était plus crevarde mais svelte. Gwen n'avait jamais froissé les draps du recteur. Les jumelles étaient-elles vraiment juives ? Zinzin était mort, mais d'un arrêt cardiaque et Casimir n'était responsable d'aucune immolation. Quant aux allégations de Norma au sujet du passé pro-nazi de Félicien, elles relevaient du haut délire. Même le courageux Malo avait tout à coup besoin de s'échapper d'une réalité qui cognait trop fort.

N'étaient-ils pas tous venus célébrer Noël en paix ?

Dans ce retournement d'humeur, aucun de ces trembleurs ne pouvait imaginer qu'une main – inspirée par Norma – était en train de tracer des croix gammées sur le registre des baptêmes de l'île. Juste en face de chacun des patronymes des îliens issus de l'occupant. Elles désignaient les enfants du silence.

La définition de l'impossible est qu'il peut advenir

Nue dans une chambre de l'hôtel des Trois Homards, embellie par un soleil oblique, Norma émergea d'un torrent de draps. Elle se faufila hors du lit en déclarant à Loïc :

— Pourquoi m'as-tu fait l'amour tout de suite ?

Vêtu d'un air sot et vainqueur, le policier lâcha :

— On ne se délivre de la tentation qu'en y cédant…

— Je t'avais proposé de ne nous aimer qu'une seule fois dans toute notre vie, pour que nous l'ayons fait. Nous avions le temps… Une vie.

— J'ai voulu en finir avec ce désir, m'en défaire.

— De quoi as-tu peur ? sourit Norma alors qu'elle enfilait ses dessous sans avoir l'air de remarquer sa nudité éclatante.

— Le contrat que tu m'as proposé était clair : *une seule fois*. Pour que ce désir cesse.

— Crois-tu que ça suffira ?

— Côté cœur, je suis d'humeur nomade, répondit Kermeur. J'aime les filles qui me chassent d'elles. Les sentiments n'adhèrent pas sur moi. Et tu…

— … m'effraies ?

Norma eut un sourire. La lutte des hommes contre eux-mêmes l'avait toujours déconcertée. Pourquoi se comportaient-ils si souvent en adeptes des baux précaires ? La fidélité venait-elle toujours comme une facture ?

— Divorcé ?

— L'automne d'un couple, l'affaissement du désir, les souffrances partagées, faire de tout cela un style de vie, ce n'est plus pour moi, grogna Loïc.

Par la fenêtre, Norma aperçut ses petits neveux qui, sur le quai du port, jouaient avec les lettres rouges chapardées chez Gwen. Ils les pliaient pour en faire des avions de papier. L'indicible s'en allait dans les eaux écumeuses. Les passants apercevaient ces avions de papier sans les voir, croyant sans doute assister à des jeux d'enfants.

— Pourquoi es-tu dans cette île ? demanda Norma.

Sentant qu'elle ne se contenterait pas d'une réponse de surface, Loïc Kermeur répondit, ou plutôt se vida d'une traite, sur ce ton qu'il déployait avec aisance, en cultivant l'imprévu du tour et de l'expression :

— Ta famille de trouble-fête, d'indociles, de malavisés et de malappris me fait du bien. Les tiens n'ont pas besoin du filet de la morale. Vous croyez aux autres directions. Alors que tant de gens donnent leur foi à l'immobilité, aux accommodements et au déjà fait… Moi j'apprécie les danseurs sur corde raide ! Vous m'êtes tous des vacances…

— Je leur ressemble ? hasarda Norma.

— Tu es sans doute la plus impensable des Diskredapl. Tu ne biaises pas avec le vrai, eux jamais avec leurs désirs.

— Tu m'aimes ?

— J'espère que non.

— Ah…

— Mais tu m'as réveillé.

— De quoi ?

Loïc n'eut pas le temps de répondre.

Une volée de cloches lui coupa le sifflet, interrompant aussi tout mouvement sur les quais.

Au même instant, dans une chambre voisine du même hôtel, Malo cessa de faire l'amour à la femme d'Hippolyte. Côté cœur, Marie-Anne n'avait pas dit son dernier mot. Cette étreinte tardive – cinquante ans de retard ! – s'arrêta tant les cloches de l'île sonnaient à pleines volées.

— Quelque chose s'est passé… murmura Marie-Anne.

— Oui… nous ici ! répondit Malo.

— Tu crois qu'Hippolyte a fait une bêtise ? lança-t-elle en enfilant son chemisier.

Aux abords de l'église, la population demeurait interloquée. Que signifiait ce carillon sinistre un soir de Noël ? La grande porte de l'église était verrouillée de l'intérieur. Au large, la houle implacable abusait de nouveau. Sa période s'allongea soudain, se renforça. Elle mangeait à présent les hauts quais et poussait ses rouleaux massifs jusqu'à l'embouchure des rues. On se pressa d'instinct vers l'église.

Le vieux Keltoï accourut avec le maire qui possédait un double des clefs du porche vétuste. Le Goff ouvrit les deux battants. On découvrit alors le corps du père Kersauzon pendu à la corde de l'énorme cloche. Le vieux prêtre, botté de cuir, portait un uniforme allemand semblable à celui de son géniteur. Un costume qui, mangé par l'humidité et les mites bretonnes, leur fit l'effet d'un déguisement. Devant cette apparition, chacun se demandait s'il ne rêvait pas ; mais il fallut se rendre bien vite à l'effrayante réalité. Sous les pieds du recteur gisait, au milieu de la crèche, le registre des baptêmes maculé de croix gammées. Cette croix-là, si étrangère à l'état de Kersauzon, avait sans doute été la plus lourde qu'il eût eu à porter. Elle était tracée sur son front catholique. Comment avait-il pu faire cela, lui dont le héros restait Jésus-Christ ? Craignant probablement d'être démasqué à son tour, le recteur avait liquidé l'image douloureuse de son père. L'homme de foi avait-il eu confiance dans la capacité de ses ouailles à affronter les faits ? Ou s'était-il sacrifié pour que l'île demeurât prisonnière de sa triste logique ? Qui donc parmi eux oserait évoquer cette scène déshonorante dans un bar, même chez Maëlle, ou sur le continent ? Le recteur de l'île, un fils de la honte… Ce qu'on avait vu, c'était certain, on ne le formulerait jamais.

Les Diskredapl songèrent aussitôt que le prêtre n'était pas étranger aux lettres rouges.

La messe de minuit était compromise.

Le goût de se déguiser venait de leur passer.

Hippolyte respirait avec peine. Son regard croisa celui de Marie-Anne qui surgit, décoiffée, rhabillée à la hâte. Elle s'approcha mais il lui tourna le dos.

Figés, incapables de penser ce qu'ils voyaient et qui les fascinait, les îliens n'osaient se regarder.

Le commissaire Kermeur fit irruption avec Norma.

— Tout ça, c'est à cause d'elle ! lança Keltoï en la désignant de ses trois doigts.

La population entoura Norma, menaçante.

Le commissaire Kermeur s'interposa.

— Sortez tous ! tonna Yann.

L'île recula en suivant son maire, un homme qui avait l'autorité des grands sauveteurs en mer.

Kermeur referma la lourde porte, restant seul avec Norma et Yann. D'un geste professionnel, le flic décrocha le corpulent cadavre du prêtre. Puis Loïc jeta un œil sur le registre des baptêmes. Il détailla une à une les croix gammées qui souillaient le livre catholique.

— Vous aussi ? lança-t-il à Yann.

Le pêcheur ne répondit pas.

— Pouvez-vous cacher Norma chez vous jusqu'à ce que la navette reparte pour Audierne ? lui demanda Kermeur. Ça m'ennuierait qu'on lui torde le cou cette nuit.

Le ton du policier indiquait qu'il s'était déjà repris. Cette fille, faite de joie, ne serait plus jamais l'histoire qu'il se raconterait. Tout juste un épisode qu'il se remémorerait, le cœur apaisé. Kermeur ne croyait pas aux sentiments, qu'il tenait pour une hypothèse trompeuse ; et puis, il n'avait jamais supporté que sa liberté prît une allure contrainte, ni qu'une femme l'entraînât trop loin de son personnage. Entre lui et le bonheur existait une querelle très personnelle. Seuls les espoirs aux ailes rognées l'excitaient. Au fond, Loïc aimait l'affliction élégante, les prophètes du passé et les déçus de tout qui finissent par vivre au milieu d'habitudes, aux confins d'un spleen confortable.

L'exact inverse de Norma.

Naissance d'une famille

Le soir même, à l'hôtel d'Ar-Gwall, personne ne fut d'humeur à fêter Noël. Comment rendre hommage à un Christ qui avait permis un tel suicide ? Aucune messe de minuit n'étant célébrée, on déposa les cadeaux au pied du sapin de la salle à manger. On se coucha tôt. Sans que l'on songeât à se déguiser ; sans admirer la féerie des lumières de Noël sur le port désert – jetant sur ce bourg de haute mer une lumière crue. Mais le Père Noël, dans sa bienfaisance paradoxale, glissa dix nouvelles lettres rouges, plus épaisses que les précédentes, sous les portes des chambres des Diskredapl.

Alité comme les autres, Hippolyte hésita à décacheter la nouvelle missive, tout en désirant ardemment en connaître le contenu. Il s'exécuta enfin, en pensant que tous tenaient entre leurs mains un courrier identique. Cette fois, on ne pourrait plus feindre l'ignorance, ni ruser de quelque façon que ce soit.

Dans les enveloppes, chaque Impensable trouva les preuves irréfutables et concordantes des secrets dont leur tribu avait été, depuis la veille, abreuvée. Le corbeau interdisait toute dérobade. Ce qui avait été formulé se trouvait accrédité. Plus moyen de se faufiler loin des évidences.

Dans la chambre numéro 9, Hippolyte fixa longuement Marie-Anne silencieuse. Jaloux, il ne lui avait pas adressé la parole depuis l'église. Saisi par la fureur, il bondit dans le couloir, avec l'intention de massacrer Malo, ce renégat par qui tout le mal était venu ! Lui seul se trouvait déjà dans l'île la veille au soir, pensait-il. Lui seul avait eu le temps de fomenter ces saloperies de lettres rouges ! N'était-il pas revenu dans l'île, ce faux frère, pour lui dérober sa femme et l'humilier publiquement ? Sur le palier, Hippolyte – hors de lui à un point qui confinait au ridicule – tomba nez à nez avec sa fille. Colombine tenait, elle aussi, son enveloppe rouge décachetée. L'anorexie avait comme extasié ses traits. Elle lui assena un coup de marteau dans les dents, un geste dément de violence, avant de lui tendre la clef du coffre en hurlant :

— Maintenant bouffe cette clef !

Le burlesque s'emparait de leurs actes, comme si la violence chez les Impensable ne pouvait se défaire du grotesque. La bouche ensanglantée, Hippolyte se releva tel un taureau blessé. Un deuxième coup de marteau acheva d'ébrécher sa denture. Quelle partie de fiel ! Colombine voulait le faire taire pour qu'il ne mentît plus. Mais il beugla :

— P'tite-fille de Boche !

— Non, Colombine n'est PAS ta fille ! répliqua Marie-Anne surgie sur le pas de sa porte. Comme les deuxièmes rejetons de tes frères et de ta sœur, comme toi d'ailleurs, tous les numéros deux de chaque lignée sont des pas de côté, des enfants de la liberté.

Dans le couloir qui distribuait les chambres au premier étage, les Diskredapl avaient ouvert leur porte. Le bruit avait rameuté les curiosités à fleur de colère. Plus question de rigoler avec des boules de neige inoffensives. La bonne éducation craquait. La veuve de Zinzin lança aussitôt un coup de chaussure dans la figure de Marie-Anne ; car ce secret-là, concernant son deuxième enfant, elle se l'était gardé au fond de sa mémoire. Dans la foulée, Marie-Ange vola au secours de sa jumelle et cogna rudement leur belle-sœur. On roula à terre. L'angélisme des Diskredapl était mort. Le fils de Casimir décampa.

— Il est où cet empaffé de Malo ? rugit Hippolyte, carnassier, en terrassant Colombine et en lui arrachant son marteau des mains.

— Ici, répondit l'aîné des Diskredapl qui se trouvait au rez-de-chaussée, en bas des escaliers.

D'un bond, le boiteux au visage en sang fut sur son frère. Le coup de rage d'Hippolyte ! Soudain barbare total. Le sympathique Markus ne put lui barrer la route et se fit illico traiter de franco-boche ! D'une voix étranglée. Ah, Trop avait perdu ses bonnes manières. Au bas des escaliers, Malo reçut des coups de marteau sur les oreilles. Par kyrielles ! Tout en lui fourrant sa lettre rouge dans la bouche pour l'étouffer, Hippolyte lui fracassait les tympans.

— Tu voulais qu'on les entende tes conneries ? Nous en foutre plein les oreilles !

Se protégeant vaille que vaille, Malo recracha le papier rouge et s'écria :

— Je n'étais pas seul sur l'île hier soir… Norma était là, conduite ici par Yann. Kermarec l'a cachée chez lui !

Un silence flotta.

La porte extérieure s'ouvrit dans une bourrasque sifflante. On entendit la mer aussi furieuse que la maisonnée. Jerricane fit irruption.

Fin saoul, il jeta Norma sur le sol.

— C'est exact ! lâcha Casimir. Elle était là, exactement là où Maëlle me l'a indiqué ! J'ai enfermé Yann chez lui…

La figure ensanglantée, Hippolyte expédia un effrayant coup de pied dans la tête de Norma, son enfant. Ce geste parut si soudain et si extraordinaire que l'assistance eut du mal à en croire ses yeux. Ses pieds pirouettaient, massacraient celle qui avait opté pour une joie orgueilleuse alors que lui souffrait mortellement. Trop ne voyait plus qu'elle était sa fille, sa poupine de jadis. Elle saignait du front.

— Arrête, papa ! Papa ! hurlait-elle d'une voix de ventre.

Trop resta un instant décontenancé par ce mot presque incongru, *papa*. Il redoubla de brutalité, visant les yeux de sa fille aînée, ces yeux fouilleurs qui avaient osé tout voir – sauf ce qui la concernait. Norma cracha rouge. L'homme sauvage était de retour. Marie-Anne demeurait prostrée.

Tout à coup, une voix éraillée, venue d'on ne sait où, hurla :

— Arrêtez !

C'était le petit Titouan.

Du fond de son autisme présumé, le dernier des Impensable avait trouvé son premier mot. En ce soir de Noël, il fallait à tout prix que sa famille arrêtât ce déluge de hargne. En haut des escaliers, Titouan tremblait de tous ses membres.

— Arrêtez ! répéta le garçonnet avec peine en les regardant comme pour la première fois, s'extrayant de sa nuit.

— Oui, arrêtez tous ! ordonna Gwen qui venait d'arriver à son tour, enroulée dans un châle constellé de flocons.

Le fils de Casimir était allé la chercher en toute hâte. Sept ans auparavant, c'était elle, déjà, qui avait sauvé Norma d'un asthme cruel nié par les siens.

Gwen ferma les yeux et, dans un soupir ample, eut assez foi en sa famille pour lancer :

— Ces lettres rouges, c'est moi qui les ai écrites et distribuées ! Oui, moi.

Un silence profond se fit, semblable à celui qui suit une déflagration. Devait-on s'indigner ou remercier Gwen ?

Tout le monde sentit qu'elle disait vrai.

Norma se mit à sangloter, moins de douleur que d'émotion relâchée. Son courage était enfin récompensé, son refus portait ses fruits. Les choses s'engageaient trop loin. Gwen poursuivit :

— J'ai écrit ces lettres pour purger notre sang le soir de Noël, et délivrer notre clan de ses secrets dont nous ne sommes plus les gardiens mais bien les prisonniers ! Pour faire naître notre famille avant ma mort. Je n'ai pas voulu partir sans vous léguer à tous un roman familial authentique. Comme dit Norma, entendez-moi et entendez-le comme vous le pourrez !

Gwen sourit à Norma et se retira, seule, enfin responsable ; alors que nos aïeux le sont hélas si rarement. Alors que tant d'entre eux se débinent devant leurs responsabilités.

La vieille Impensable pouvait s'éteindre à présent. Elle avait fait son possible pour délivrer leur mémoire.

Mais un cri dans la nuit froide réveilla tout le monde, un cri de marin qui en relayait d'autres :

— Les bateaux ! Les bateaux !

L'île noyée

Dans le port, l'étiage de la marée dépassait les surcotes. L'océan violait l'île. En ce soir de la Saint-Sylvestre, la mer enflait démesurément, gonflée par un énorme coefficient. Sa surélévation envahissait les quais illuminés comme en plein jour par les abondantes décorations de Noël, attaquait les maisons dont les façades en pierre faisaient soudain office de digues.

Les amarres des bateaux étaient trop courtes, les entraînant un à un vers le fond, après que le suroît les eut drossés et fait chasser sur leur ancre. Si l'île en réchappait, elle allait perdre ses navires de pêche, son canot de la Société nationale de Sauvetage en mer et sa navette qui entretenait le lien vital avec le continent – mouillé à l'écart des quais pour la préserver du ressac devenu fou –, ainsi que les innombrables coques qui assuraient la liberté des îliens. Keltoï, occupé à veiller le père Kersauzon, avait donné l'alarme. Angelin Le Goff avait réveillé toute l'île.

Les îliens affluaient vers le port enneigé, giflé par les rafales. La mer semblait avoir thésaurisé mille vents aiguisés qu'elle dilapidait. Par tourbillons, ils empoignaient les flots et ployaient tout. Les terreurs de l'hiver montaient. Vaille que vaille, les hommes tentaient d'atteindre les bateaux pour les désancrer dans l'obscurité, remplie de vacarme, au milieu de l'ouragan qui éperonnait les digues. Guidés par leur maire, ils s'élançaient sur des barques, en ramant à bord d'esquifs qui tanguaient fort dans le brouillard, en nageant pour certains dans cette eau obscure qui engourdissait les corps. Sur les quais, on priait en français, en breton, en silence, en latin, en sanglotant. Ce n'était plus une mer mais un vomissement d'Atlantique, un tumulte qui aspirait leur flotte.

Les Diskredapl arrivèrent à leur tour et, d'instinct, apportèrent leur concours en obéissant aux ordres de Le Goff. Sans hésiter, ils foncèrent vers les coques qui commençaient à sombrer. Sauf Malo dont les tympans saignaient. Le péril matait les colères, anesthésiait les rancunes. Et défâchait tout le monde. Face à la débâcle, notre espèce retrouvait ses solidarités. Les dents fracassées, Hippolyte sauta dans les eaux glauques pour tenter de sauver le navire de la SNSM qui piquait de la proue, déjà presque aspiré par les fonds bouillonnants. Il nageait en gardant la tête droite pour mieux voir venir les vagues. Ravageuses. Criminelles. L'héritier moral de Félicien semblait oublier la difficulté cardiaque qui le serrait de près et s'acharnait dans le flux glacé. Mais la décroissance d'intervalle entre lui et le navire paraissait irrémédiable. Trop buvait trop d'eau, déployait un courage excessif dans cette danse d'écume quand, enfin, il parvint à sectionner l'amarre fatale. Le bateau sauveur se cabra vivement, cogna Hippolyte et chacun le vit pirouetter sous l'effet d'une déferlante massive, au moment même où une yole rejoignait le navire libéré. La vague déclencha toute sa violence. Pas très amphibie, Hippolyte disparut dans sa crinière d'écume.

Kermeur plongea à son tour dans le désordre marin qui lui plantait mille aiguilles dans les muscles et, par une chance inouïe, rencontra le corps d'Hippolyte. Mais quand il le ramena au quai, Trop avait cessé de vivre. Le vieux Keltoï s'approcha. Son instinct de croque-mort flairait le chiffre d'affaires imminent. Aussitôt, en professionnel, il prit en charge le corps, et le hissa sur une charrette à bras qui traînait sur le quai, utilisée par les îliens pour décharger le fret. Kermeur n'avait rien pu faire de plus.

Abattu, Yann sortit des eaux après avoir sauvé la vie de son bateau. Il grelottait. Les galets tournoyants et les paquets de mer avaient broyé ses pieds. Norma, le visage tuméfié par les coups de talon de son père, demeurait en silence. Ce salaud d'Hippolyte s'était *in fine* bien conduit, évitant sans doute le grand hallali des îliens et de voir la chute de leur banque. Fouaillé par le vent, mordu par la neige, son cadavre semblait vivre sur la charrette qui s'éloignait vers la maison de Gwen, à l'autre bout du port. Norma éclata en sanglots.

La vérité dans l'île valait-elle cette violence-là ?

Ce décès les arrangeait tous.

En retrait, Loïc Kermeur et Yann regardaient Norma pleurer. Elle était possédée par son sanglot, traversée par des ondes de haine et d'amour pour son père. Kermeur savait quel déni avait fait de cette fille une toquée de transparence. Loïc avait eu raison de lui avouer sans détour qu'elle était bien la plus impensable des Diskredapl, la quintessence même de sa lignée. Même s'il se croyait guéri d'elle et de sa beauté.

Ebranlés, soulagés, les Diskredapl prirent le chemin de la maison de Gwen.

Journal de bord

Chez Gwen, Keltoï installa la dépouille trempée d'Hippolyte sur un buffet, pour commencer à la veiller. Les Impensable étaient venus à reculons. Aucun d'entre eux n'avait voulu revoir le cogneur, trop pressé d'occulter sa brutalité. Son cadavre gisait sur une nappe. On emprunta aussitôt les chandeliers de l'église, dégoulinants de vieille cire. Loïc Kermeur était là, tout comme Yann, ému.

Personne ne constatait l'évidence : le mort n'était pas encore mort, même si, sur le quai balayé par la tempête, tous avaient voulu le voir ainsi.

L'increvable Hippolyte écoutait les siens en contrôlant sa respiration. Même quasi noyé, cardiaque au dernier degré, ce séditieux ne respecterait aucune règle.

— Mes enfants, ces drames doivent cesser, commença Gwen lorsque tout le monde fut rassemblé. C'est pour cela que je vous ai infligé à Noël ces lettres rouges : mon cadeau d'adieu.

Hippolyte ébaucha un sourire.

La mère du noyé continua :

— Alors j'ai fait un rêve : essayer de réparer notre famille, en mettant tout carte sur table.

Kermeur écoutait, tapi dans un coin, prêt à grincer.

D'une voix presque étranglée, Gwen ajouta :

— Le prix de la vérité est exorbitant. Vous pouvez m'en tenir rigueur et oublier mon nom, comme vous l'avez fait avec Norma et Malo. Je sais que ce soir de Noël est sans doute le dernier dans notre île. Lorsque viendra l'heure de m'enterrer, les rangs seront plus clairsemés. Mais j'aimerais que mon cher Hippolyte, aussi violent soit-il, ne soit pas mort pour rien. Je voudrais que vous vous souveniez du rêve de vérité que j'ai formé pour vous, en suivant l'exemple de Norma. Ayez confiance en ceux que vous aimez, ils méritent votre vérité.

Personne n'était en mesure de voir respirer Hippolyte puisqu'on le pensait décédé.

— Norma, lança Gwen, tu n'as rien à te reprocher. La mort de ton père était inévitable : impossible de durer sur cette terre sans ouvrir les yeux.

— C'est exact, répondit le macchabée sur le buffet.

Chacun crut d'abord à une hallucination auditive, mais les lèvres du cadavre trempé continuèrent à remuer, les paupières toujours closes.

— Quelqu'un peut-il… peut-il m'apporter… le journal de Népomucène ? demanda Hippolyte en toussant et en crachant une ration d'eau salée.

C'était ahurissant. Ouvrant les yeux d'un coup, Hippolyte esquissa un sourire en attrapant le journal du bâtisseur du phare d'Ar-Gwall. Gwenaëlle venait d'en saisir l'original dans la grande bibliothèque – où il trônait. Ressuscitant tout à fait, Hippolyte donna lecture du préambule, à la sidération générale :

— Journal de bord de ma lucidité. « Ce journal est écrit en deux parties. Sur les pages de gauche, ma chère famille, vous trouverez ce que j'ai été en vérité, et sur celles de droite le rôle social que j'ai souvent joué. A gauche, l'être ; à droite, les grimaces. A gauche, l'épopée de ma sincérité ; à droite, la chronique de mes reniements et de mes lâchetés. A droite je mens, à gauche je m'avoue. Un jour viendra, je l'espère, où les miens n'écriront plus que des pages de gauche. »

Posant les feuillets du cahier, le présumé mort articula en pesant chaque mot :

— Norma, je te félicite d'avoir toujours dit les choses, même lorsque je t'ai fait interner, autrefois. Je t'en demande pardon. A l'époque tu ne délirais pas, tu ressentais juste : un homme t'avait bien violée par-derrière. Il a, en trois minutes pressées et magnifiques, pulvérisé ta confiance, armé ta méfiance, tué ta candeur. C'était moi. J'ai aussi violé ta sœur Colombine – mais elle m'avait reconnu, elle. N'est-ce pas Colombine ?

Chacun se retenait de respirer. Qu'Hippolyte fût vivant semblait presque moins fou que ce qu'il avouait. Qui consent à sa déchéance ? Pourtant, tout était vrai. Très ému, enfin sans emphase, Hippolyte poursuivit avec une douceur inattendue qui contrastait avec ses aveux :

— Ma jouissance a longtemps été de posséder en forçant, en avilissant et en contraignant ma chère famille à l'aveuglement. Mon corps n'en faisait qu'à sa tête. Zinzin couchait avec ses rêves, moi avec mes filles.

Cette confession éreintante foutait en l'air tout le monde ; et en même temps on ne pouvait s'empêcher de se laisser fasciner par le surgissement de la vérité, aussi odieuse fût-elle.

— Il est exact, précisa Hippolyte, que les saloperies commises par papa pendant la guerre, je les ai maquillées. Les archives les plus sales de Félicien sont bien dans le coffre de marine, à Genève, juste sous son portrait. Sous sa moustache hitlérienne.

— Pourquoi parles-tu, soudain ? demanda Yann la bouche asséchée.

Bravache, Hippolyte répondit :

— Parce que c'est Noël ! Mon cadeau sera de vous mettre à mon tour en sécurité. Et puis je suis un Impensable : dans mes actes odieux comme dans mes aveux. Donc très dangereux. Quand tout est possible tout est permis. Tu n'as pas tort, maman : les dérobades ne sont plus de saison. Norma aussi a raison : notre famille mérite une bourrasque de vérité. Et que naisse enfin entre nous tous, les vivants et les morts, un espoir d'échange. Je vous laisse donc la place nette, nettoyée. Soyez justes : haïssez-moi ! Vomissez mes désertions morales. Acceptez tous de me voir tel je suis, sordide, prédateur, jouisseur insatiable et convulsif, sans me décerner la moindre excuse. Ayez pour moi un mépris de fer, légitime ! J'ai trop aimé jouir en foudroyant les miens. Portez à mon débit tout ce que je suis en vérité, mon ébriété sexuelle, financière. Ne me désinfectez de rien. Notre arbre repartira sur des bases fortes, vous verrez. J'ai foi en vous. Le rêve de Népomucène prendra alors enfin vie !

Pour la première fois, Hippolyte avait été généreux. Ce monstre venait de se conduire en homme. Il avait débranché son moi bouffon, hâbleur. Norma obtenait enfin de son père ce qu'elle avait toujours espéré. Mais, découronné par ses propres soins, l'énergumène se savait désormais de trop. On n'est pas de toutes les scènes.

Plutôt que de s'agripper, Hippolyte tendit alors le journal de Népomucène à Norma, victorieuse, et traversa la pièce en déclarant qu'il n'y avait qu'une chose véridique dans la vie, c'est qu'elle n'est généralement pas vraie. Avant de sortir, il lança avec cœur :

— *Nedeleg laouen* ! Joyeux Noël !

Trop franchit la porte, la largeur de la cuisine attenante, lança le moteur du Spitfire en pesant sur un bouton, et se précipita dans le réduit réservé à la machine à laver la vaisselle des Diskredapl. Pour se nettoyer définitivement, en consentant à sa fin. La brosse, lancée à toute vitesse, l'écharpa, le drossa contre les parois et le reprit trente fois pour lui briser les os et la nuque en le lessivant à l'eau savonneuse. Le décès choisi d'Hippolyte, derrière la porte épaisse, était assez invisible pour que chacun eût le sentiment d'y avoir assisté. Au milieu de la machine à laver créée par son géniteur, son cadavre était rincé à grande eau.

On pourrait enterrer le fils d'Hippolyt dans un linceul de vérité.

Keltoï avait gagné un client, Gwen l'impossible pari de Norma et les Diskredapl un avenir. La réalité brute leur était désormais accessible. Une sacrée espérance migrait vers l'île. Par la grâce de Gwen, l'ivrogne Népomucène deviendrait-il prophète sur son récif ?

Naissance d'une île

Le matin éclata enfin.

La lumière revint sur ce pays inaccessible et submergea les lointains.

En cette matinée de Noël, le miracle d'un réveil blanc était là. Le suroît était tombé. L'estran du récif respirait. Les crabes, ces galets nerveux, s'agitaient dans le goémon et le bois d'épave.

La navette du matin, sauvée au cours de cette folle nuit de submersion, se présenta à quai presque intacte. Aucun Diskredapl ne voulait plus fuir.

A l'hôtel d'Ar-Gwall, le petit Titouan descendit dans la salle de petit déjeuner et, pour la première fois, articula un vague *b'jour*. Il fixait les siens, encore groggy. Certes, il y avait du retrait et de l'esquive dans ses attitudes mais le gamin était là, comme ressuscité. Il ouvrit son premier cadeau. L'enfancc a ce don d'accepter très vite la fin d'une colère, le printemps de tout.

Sur les quais, de molles rafales traînaient encore, fouaillaient le bourg et cisaillaient l'air par instants.

— Pourquoi me crains-tu autant ? demanda Norma à Loïc en cheminant.

— Ta clairvoyance m'oblige à affronter la mienne. Et je crois que l'incohérence des gens me fout la trouille… Je n'ai pas ta droiture… S'il me fallait constater toutes les moustaches du monde, j'en crèverais ! Les bals masqués, ça me convient…

Tous deux s'en allaient à l'enterrement d'Hippolyte. Le bourg ne possédant pas de morgue, Kerangal avait aussitôt signé le permis d'inhumer.

— Que vas-tu faire ? interrogea Kermeur. Cracher sur sa tombe ?

— Non, le contraire ! s'exclama Norma.

Dans le cimetière serré entre les muretins de pierres, toute l'île était rassemblée autour de son maire Angelin Le Goff. On était venu entendre la parole des Diskredapl, savoir que penser exactement.

La montée des vents se renforça soudain.

Sept ans plus tard, la parole de Norma était désirée.

En tant que fille aînée, c'était à elle de formuler ce qui devait être dit en cette heure des suprêmes adieux. On sait que, dans ces circonstances ultimes, tout orateur a pour devoir de résumer l'âme qui s'en va, fût-elle crasseuse, et d'énoncer les leçons fragiles qu'elle laisse aux vivants.

L'île attendait donc.

Gwen regardait les siens qui, munis d'épaisses chaussettes de feutre ou grelottant dans des sandales, ne riaient plus. La vieille portait des bottes.

Le journal de Népomucène en main, Norma s'avança vers la fosse. La binette amochée par les coups de pied qu'elle avait reçus, elle jeta un regard sur le cercueil avant de lancer :

— Merci, papa.

La suite ne vint pas, coincée sous cette chose rose et molle qu'on appelle une langue. On tendit l'oreille de longues secondes. Pourquoi Norma remerciait-elle son violeur, ce viandard qui l'avait tabassée à mort la veille ? Interloqué, Yann surveillait son silence, Kermeur aussi. Colombine ne comprenait pas. Les jumelles se demandaient si c'était de l'ironie. Gwenaëlle était certaine que sa nièce allait lâcher les chiens d'une juste rage. Malo, lui, ne quittait pas des yeux Marie-Anne. Au bout d'un temps qui parut extraordinairement long, Gwen finit par s'adresser à sa petite-fille :

— Merci de quoi ?

— Merci, papa, de t'être sacrifié, de nous avoir soulagés de ta présence.

Et Norma d'ajouter :

— Sans rien masquer de ton ignominie. Cela nous a donné beaucoup d'espoir.

Chacun sentit bien que ce mot paradoxal – *espoir* – était le bon.

— Merci également d'avoir rappelé le rêve de Népomucène, continua Norma en secouant les vieux feuillets de son journal. En te tuant après avoir reconnu ta monstruosité, mon petit papa, tu rends ce rêve d'honnêteté jouable. Tu crées un appel d'air. Surtout après le suicide du père Kersauzon. Toi et lui, vous nous permettez d'ouvrir les yeux.

Elle ajouta :

— Et si, après ces heures difficiles, l'île répondait au rêve de Népomucène ? EN TENTANT DE NE PLUS VIVRE QUE DES PAGES DE GAUCHE ?

La jeune femme secoua le cahier jauni dans le vent et parla fort, sur un ton qui ébranlait. Avec d'autant plus de détermination que, depuis sept ans, elle n'avait pas inscrit une seule ligne sur les pages de droite de son carnet.

— Aurons-nous assez de foi en nous-mêmes pour vivre ici en essayant de ne plus rien nier ? En cessant de remplir la vie de nos romans, et en arrêtant une fois pour toutes d'écrire des pages de droite ? Si nous y parvenons, même un peu, alors papa, je te dirai MERCI.

Un frisson souleva l'assistance.

En cet instant, Norma Diskredapl, délestée de toute colère, apparut à l'assemblée comme le début d'un recommencement.

Maëlle, la patronne du bistrot, eut alors un geste qui la chatouillait depuis des années, un beau geste que l'île était enfin prête à soutenir : elle ôta ses chaussures et les jeta dans la tombe d'Hippolyte, malgré le froid. En chaussettes, la vieille Maëlle se rangeait du côté des Impensable, dans le camp des vérités inconfortables. Elle était disposée, elle aussi, à perdre pied, à entrer autant que faire se peut dans une autre logique. Plus question de gigoter dans la mélasse des semi-vérités. L'ex des PTT délierait-elle enfin sa langue ? Angelin Le Goff fit de même avec ses bottes. D'autres les imitèrent. Yann, plus épris que jamais, était du nombre. La décision de chacun, dangereuse et peut-être irrévocable, était organique. On se regardait avec joie et inquiétude.

Bientôt, les sidérés de l'île furent presque tous en chaussettes. La tombe d'Hippolyte regorgeait d'escarpins, de bottines usées, d'un vrac de souliers. Chacun, prêt à une rupture difficile, renonçait à ses protections, dans un mouvement des cœurs qui ressoudait l'île et la réinventait.

Aurait-on désormais, sur ce récif, le courage de tailler sa route en étant un peu plus lucide que sur le continent ?

A l'issue des obsèques, pieds nus, la foule atterrit dans le bar de Maëlle. On palabrait avec fièvre. Tous tentaient d'évaluer le séisme qui venait de chambarder l'île : plus question de bidouiller l'histoire de leur récif, affirmait-on, de la flouter à coups de légendes. Kermeur s'était joint à la foule. Faisant cavalier seul, il hésitait à montrer ses orteils. Yann se faufilait nu-pieds, torse bombé. Le Goff également. Le ténor local flairait que le destin lui offrait l'opportunité d'atteindre le paroxysme de son caractère. Malo déclarait à qui voulait l'entendre que, dans ces conditions, il était prêt à se réinstaller parmi les siens. Entre deuil et joie, la vieille Gwen était là, bouleversée par l'élan qui empoignait tout le monde. Intérieurement, Gwen remerciait son Hippolyte d'y avoir contribué.

Un alignement de verres vides sur le zinc. Les Diskredapl et tous les autres étaient serrés, occupés à ne pas rire exagérément – juste ce qu'il fallait. Norma entra. Au bar, on se retourna. Yann l'accueillit d'un sourire qui valait baiser. Loïc capta l'émotion de cet échange avec plus de jalousie qu'il ne l'aurait cru. Comment cette femme pouvait-elle se donner à lui, avec autant d'ardeur, puis faire rebondir son cœur si vite ? Ainsi va la légèreté des désirs…

La vieille bistrotière remplit les verres. Pas du Dom Pérignon, ah ça non ! Maëlle servit de vin rouge le ballon devant lequel Norma s'était installée en bout de zinc. Chacun attrapa son verre, le choqua contre celui des autres dans un tintamarre festif. On trinqua à Gwen, aux Diskredapl, à la vérité douloureuse des îliens et aux hontes bues aussi. Puis vint le grand tap de la reposée générale. Gwen et Norma se sourirent. Les deux femmes courageuses empochaient un début de victoire. Yann triomphait également. Les réussites de Norma lui avaient toujours semblé un peu les siennes. Cette beauté sauvage, cette orgie de candeur aux yeux immenses, il la désirait.

— Vous savez quoi ? lança Maëlle. Eh bien dans ma jeunesse, avant d'être téléphoniste, j'ai été pute à Brest, rue de Siam. C'est vous dire si l'envers des choses je l'ai vu de près !

— Pute ? répéta Le Goff avec stupeur.

Dans les îles catholiques, la chair tarifée reste impie. On sait les appétits, les inévitables débords des corps, mais on ne les dit pas.

— Je crois que c'est le mot juste, monsieur le maire, reprit Maëlle. Oui, *pute*. Et devinez qui a été l'un de mes premiers clients ? Keltoï ! A l'époque, il avait un pompon et une de ces timidités...

Keltoï piqua un fard, tandis que Maëlle poursuivait :

— Vous imaginez donc comme j'ai rigolé ensuite quand je l'entendais, le beau Keltoï, dans mes écouteurs de téléphoniste, roucouler à sa promise, la Louisette, qui était quasi vierge !

Achevant d'ôter ses bottes, le vieil homme acquiesça :

— C'est exact.

Angelin Le Goff tapa sur l'épaule du vieux Keltoï. On éclata de rire. Par chance, sa Louisette bénéficiait déjà d'un lopin au cimetière, ventilé par le grand large. Le médecin de l'île, le Dr Kerangal, avoua également avoir goûté aux charmes de Maëlle, du temps qu'elle était une suceuse flexible et lui non bagué. Personne ne savait encore comment respirer l'oxygène enivrant de la grande lucidité.

Sur une carte de l'île affichée dans le bar de Maëlle, Yann raya le beau nom de l'île et, à la place, écrivit au feutre indélébile « Sans angle mort », en décochant à Norma un sourire complice. Le Goff applaudit. Mais personne ne nota que la carte était noircie d'étranges petites annotations. Norma jubilait. Par la grâce de cette tête de mule magnifique, des Diskredapl et de la vieille Gwen, on essaierait d'habiter sur une île sans angle mort. Un fragment de France où la réalité ne se résumerait plus à son occultation habituelle et dépressive. L'indicible y serait proféré haut et fort.

Heureuse, Maëlle mit de la musique. Comme de coutume, tout le monde dansa sur les tables du café, et sur le quai ; mais cette fois avec légèreté.

Tout le monde sauf une personne.

Une personne secrète qui préférait poursuivre ses rêves. Une personne qui ne voyait aucune nécessité à persévérer vers davantage de communication avec les siens – sous prétexte que l'on porte le même nom de famille. Une personne muette qui, dans l'île, désirait rétablir l'opacité de tous et le mutisme de chacun, une âme inquiète, plus retorse qu'il n'y paraissait, qui refusait de se joindre à l'enthousiasme général. Un être qui, troublé par l'ampleur de la secousse tectonique, se rétractait soudain. Cette âme-là, roublarde, doublarde, ayant appris la cautèle et la rancune, et sans doute un peu jalouse, n'envisageait plus la vie que comme une immense page de droite. Un exercice non d'hypocrisie mais de salutaire aveuglement.

Cet esprit-là répugnait aux séductions de l'utopie. Le grand saut vers la vérité désinhibée n'allait pas se dérouler dans un jeu vidéo où l'on dispose de vies à gogo, en cas de suicide, mais ici-bas, là où les âmes souffrent et s'infligent de vrais coups. Norma lui semblait avoir enfanté un nouvel irréel, une manière d'univers fantasmatique dédié au culte du voyeurisme. Dans sa folie, n'avait-elle pas créé un nouvel angle mort : les victimes nombreuses de sa libre parole, les brisés de la transparence, les humiliés ? Cette expérience devait avorter avant qu'une foule de familles s'en trouvent rompues.

Pour bien vivre, se figurait ce caractère furibard, il fallait assez de mythomanie bienfaisante, de vertus fallacieuses et d'estime de soi, cette vitamine des familles épanouies. Le fil à plomb des légendes n'est-il pas indispensable pour bâtir une société ?

Soudain, Norma lui sembla un bacille de décomposition. Une adversaire. Au diable la transparence !

III
L'ÎLE SANS ANGLE MORT

> La joie est le passage de l'homme d'une moindre à une plus grande perfection.
>
> BARUCH SPINOZA

Terra incognita

Le lendemain, Loïc Kermeur put constater que l'île rectifiait déjà son destin. Dans cette patrie de l'exagération, les hommes s'étaient toujours ravitaillés en rêves d'envergure. La Providence semblait avoir créé ce récif pour les folies achevées.

La première mise en œuvre de cette utopie – ressentie dans l'île comme raisonnable – jeta Kermeur dans la stupeur. Alors que le commissaire se promenait du côté du cimetière adossé au bourg, il aperçut des îliens qui terminaient de s'activer, penchés sur les sépultures. Puis ces silhouettes courbées s'évanouirent dans le fond de brume qui flottait sur la lande. Loïc Kermeur s'approcha et découvrit que des pierres tombales avaient été profanées d'une très insolente façon. Des mains anonymes et capables de jugement avaient écrit à la craie, ou peint, l'inavouable réalité des défunts sous les épitaphes. En faisant le choix de s'arrêter sur l'incroyable verso de l'honorabilité. Bavardes et impudiques, ces stèles bretonnes disaient les vérités à ne pas dire.

L'ego des morts en sortait en loques.

Sous l'épitaphe laconique d'Edern Diskredapl (Zinzin) – *Ci-gît un franc catholique et un fier politique qui fit honneur aux siens* –, on pouvait lire un ajout, presque un sous-titre : *Erotomane addictif, grand amateur de pratiques SM, suicidé dans une combinaison en latex par pendaison, au fond d'un bunker hitlérien financé par la banque de sa famille.* C'était juste. Sur la tombe voisine de Félicien, l'épitaphe incisée dans le marbre – *Grand résistant, bienfaiteur de l'île, bon père, bon mari, citoyen droit comme une lame. L'île reconnaissante* – était complétée, ou plutôt corrigée, par ces mots : *Zélateur d'Hitler, il excella sur le chemin de la déchéance. Félicien viola sa femme pendant un demi-siècle, finança une partie du mur de l'Atlantique et spécula sur les biens des Juifs de Marseille. Démasqué lors de son inhumation, il se suicida dans cette tombe en présence des siens.* Quelle guillotine sèche ! Le commissaire Kermeur resta scié. Comment une telle transgression était-elle possible ? Avait-on le droit de faire ainsi passer sa propre vérité pour la réalité ? Que resterait-il de sacré si même les défunts ne l'étaient plus ? et si toutes les démystifications étaient permises ?

Même le Dr Kerangal avait inscrit sur la dalle de sa défunte épouse : *A ma femme (très portée sur le sexe mais pas tellement sur le mien), disparue avant moi d'une maladie à prise rapide. Son mari reconnaissant.* Les faits bruts s'affichaient partout, sans aucun filtre, sur les dalles de l'étroit cimetière. L'attentat – quel autre mot employer ? – était collectif. Irréversible par son ampleur, il engageait l'île. Nombre de familles avaient rectifié les épitaphes des leurs. Fini les yeux crevés ! Mais pouvait-on vivre ainsi ? Avec cette brutalité, car il s'agissait tout de même d'incestes, de viols éludés, de malversations malodorantes, de tout ce qui jette les familles dans un malaise explosif.

Kermeur demeurait effrayé par cette ruée à la vérité – que ne semblait tempérer aucune culpabilité. De toute évidence, l'île fondait une morale et en détruisait une autre. Où allait-on ? En tout cas on y allait gaiement, s'indigna le commissaire, fasciné par cette transgression à la fois excitante, haïssable et absurde. Quand on croit dire le vrai, ne change-t-on pas de mensonge ?

Norma avait donc donné à l'île ce tour de dynamisme. Cette pilonneuse de falsifications entendait vouer l'île à une aventure quasi mythologique, dans un siècle où tout n'est que rendement et ratios. Car enfin, quel profit immédiat espérer d'un tel décapage ?

Emergeant du brouillard, Kermeur aperçut une silhouette familière, debout devant la sépulture fraîche d'Hippolyte, celle de Gwen Diskredapl. Loïc s'avança. Les cheveux blancs de la vieille Impensable volaient dans les bourrasques odorantes.

— Peut-on connaître l'épitaphe que vous réservez à votre fils ? demanda le policier.

Gwen répondit d'une traite :

— *Ci-gît l'impensable Hippolyte, grand vivant, violeur de ses deux filles et dissimulateur du passé collabo de son père – qui ne fut pas son géniteur. Hippolyte osa tout dire avant de se tuer, en présence des siens et par amour pour eux. Sa famille reconnaissante.*

— Et sur votre dalle ? ironisa Kermeur.

Gwen chuchota sans hésiter :

— *Toute sa vie, elle a attendu le retour d'un officier allemand, nazi passionné, qu'elle aima éperdument dans l'île.*

— On croit rêver… lâcha le flic. Ou cauchemarder…

— Vous vous trompez. C'est euphorisant et sécurisant pour nos enfants. Ils entretiendront une relation décomplexée avec la réalité. L'affaiblissement progressif du réel est ce qui tue les familles, comme les nations.

Loïc Kermeur quitta la vieille Diskredapl – qui lui apparut en cet instant comme une semi-démente – et retourna au port. Le commissaire forma alors le projet de se fixer dans l'île tant que ce délire collectif n'aurait pas été enrayé. Ce qui se passait devait être arrêté. Dans le bar de Maëlle, il aperçut Angelin Le Goff. Hors de lui, Kermeur poussa la porte.

— Monsieur le maire, ce que j'ai vu au cimetière est illégal ! Illégal !

— Qui portera plainte ? demanda l'élu.

— Le procureur de Quimper. Je vais le saisir, moi.

— Pour attaquer des familles qui entretiennent ces sépultures de haute mer ? C'est absurde ! Vous perdez votre temps, commissaire. Et puis on n'attaque pas des gens qui reprennent confiance en la vie !

Ulcéré, Kermeur lâcha :

— Une commune peut-elle faire face à sa mémoire dans l'irrespect de ses morts ?

— Oui, répondit l'homme. Si sa population vise loin et se tient droit. Ce qui est le cas de notre mutinerie !

— Mutinerie… Etes-vous des mutins ou des mutants ? grogna Loïc.

— Des Français mieux que libres… libérés ! Et nous le prouverons dans les jours à venir.

— Que voulez-vous dire ?

— Jusqu'à la fin des fêtes, tant que nos familles sont rassemblées dans l'île, nous révélerons chaque jour nos petits secrets.

— Chaque jour ? reprit Kermeur en sursautant.

— Nous avons tant de retard, monsieur le commissaire ! Tant de silences à faire sortir du puits. Fini les légendes bringuebalantes, les réputations qui prennent l'eau ! s'exclama l'élu avec une gravité heureuse.

Les îliens attablés dans le bar levèrent leur verre dans sa direction.

— Toutes les vérités sont-elles bonnes à dire ? insista le policier.

— La vérité décalcifie ! tonna Le Goff. C'est elle qui rend vivant.

— Ou qui tue ! coupa le policier en pointant deux index.

— Kermeur, notre joie est solide, malgré nos deuils. Ou peut-être à cause d'eux. Rejoignez notre élan, vous serez moins gris ! Déboutonnez-vous !

— Croyez-moi, répondit le commissaire, une petite zone d'ombre c'est toujours bon à prendre ! Si l'on venait à tout savoir de celui que je suis, je peux vous jurer que ma vie serait cent fois moins plaisante !

— Je ne crois pas.

— Norma a raison, renchérit la vieille Maëlle. L'aveuglement nous coûte notre joie. Et moi… je suis une fille de joie !

— Mais la joie de qui ? reprit Kermeur. La vôtre ou celle des autres ? Le sourire aux lèvres, vous êtes en train de glisser vers… la délation !

— C'est assez juste, répondit Norma qui venait d'entrer dans la bar en sandales.

Puis elle se tut.

— Tu ne te défends pas ? reprit Loïc étonné.

— Non puisque j'agis dans la joie, lâcha Norma sur le ton de l'évidence. Mon cœur est net. Tout est là !

— Il y a toujours une part de délation dans une vérité qui s'exprime, fit observer Le Goff. Le *J'accuse* de Zola, c'est de la délation. Les enquêtes publiées par les journaux sont aussi des délations. Faut-il pour autant interdire la liberté de la presse ?

— Tâchez de faire la distinction entre vie publique et vie privée, s'insurgea le policier.

Le Goff sourit :

— Je ne doute pas que des filous professionnels aient eu besoin de voter ce genre de lois, et qu'on ait trouvé au Parlement une majorité assez stable pour les approuver au nom de grands principes…

— Ne pas respecter l'intimité des gens, c'est du fascisme ! tonna le flic.

— Je ne doute pas non plus que les dictatures aient eu besoin de contrôler la vie privée, répondit Norma avec beaucoup de douceur. C'est tout à fait exact !

Fronçant les sourcils, Kermeur attendait que Norma lui portât la contradiction mais sa riposte ne vint pas. Elle avait répondu en adoptant une posture franche. Norma n'éprouvait aucune gêne à reconnaître la part sombre de ses idées. Ce qui leur ôtait, sans doute, l'essentiel de leur nocivité. Sa force à elle était d'admettre les risques de ses convictions.

— Mais… reprit le commissaire.

— Il n'y a pas de *mais*, conclut Norma en sifflant un verre de vin.

— J'ai donc raison ! s'exclama Kermeur.

— Je pense que notre aventure est extrêmement risquée, oui ! répliqua le maire. Et qu'il est nécessaire d'avoir du cœur pour bien soulever les jupes d'une société ! Ça oui ! Mais croyez-moi, la comédie est un piège… Ça, ça tue vraiment, pour de bon ! Les pays, les couples…

— Si je vous demandais si vous êtes fidèle à votre épouse, vous répondriez franchement ? lança Loïc le sourire aux lèvres.

Devant l'assistance nombreuse du café, la parole du maire s'envola alors, libre :

— Que j'ai trahi la confiance de ma femme pendant vingt-huit ans à chaque fois que j'ai quitté notre île ? C'est tout à fait juste ! déclara Le Goff en ouvrant les paumes.

— Pardon ?

— J'ai trompé mon épouse avec des maîtresses variées, et j'ai également fait pas mal d'heures supplémentaires avec des putains. Jamais moins de deux ou trois fois par semaine, toujours sur le continent. Dans des hôtels de la côte ou à l'arrière de ma voiture. J'ai besoin de jouir, voyez-vous. On dira que l'amour a ses vandales et que j'en suis. Sans doute ai-je le cœur boiteux, mais je suis ainsi : passionné du corps des femmes. Soyons clair, j'ai follement besoin d'éjaculer en elles. Pas vous ?

Un ange passa. Les autres ne savaient trop comment le rattraper du bout des ailes. Bouleversée par l'audace du maire, Norma l'embrassa. Chacun sentait que ce qui se jouait ici n'était pas le simple destin de l'île mais la possibilité d'essayer de vivre ainsi, en renonçant à tous les faux-semblants et à une perception erronée du monde. La lucidité incendiaire pouvait-elle devenir un mode de vie ?

— Votre femme est-elle au courant, monsieur le maire ? s'enquit le commissaire.

— Depuis hier.

— Comment a-t-elle réagi ?

— Mal, répondit Le Goff avec émotion. C'est cruel pour Ambroisine, il faut la comprendre. Comment aimer encore ce que je suis en vérité ? Pourtant, je suis bien cet homme-là, dévoré par le désir. Cet homme qui a terriblement besoin d'orgasmes.

Les îliens pieds nus ou en sandales se mirent à applaudir leur maire. Silencieux, Kermeur avait le sentiment de vivre un cauchemar éveillé. Ce projet dément d'explorer chaque jour les évidences occultées lui semblait tenir de la perversion. On ne pouvait pas créer un pays expurgé de ses contes et capable d'abolir notre soif d'illusion. Le réel profond de chacun ne se laisserait pas dénuder sans précipiter l'île et les couples dans la voie royale du désastre. La malheureuse madame Le Goff, piétinée par son mari devant tout le monde, irait-elle se noyer bientôt dans les tourbillons glacés de la Chaussée-de-Locmaria ? Et puis, songea Loïc Kermeur, les manquements à la vérité ne font-ils pas de nous, justement, des êtres humains ?

Une page de gauche

Assise au pied de la statue de Népomucène – dont le socle indiquait désormais qu'il fut gay pratiquant, alcoolique et qu'il s'éteignit dans le lit de l'évêque de Quimper – Norma écrivit sur son carnet :

« Mon vieux Népomucène, ton ADN est descendu jusqu'à nous ! Tes rêves nous fécondent. Ton île accepte enfin ta bisexualité qui fut une fête. Depuis ce matin, tu t'élèves dans ta vérité nue au bout du quai, tel un sémaphore qui nous indique le chemin de la transparence sécurisante. Et je m'aperçois que je ne t'ai jamais remercié d'avoir rêvé pour nous, en plein XIXe siècle, des lendemains qui sont désormais un présent ! »

Norma leva le nez, huma le froid matin et vit que chez Maëlle il y avait déjà du monde. Des éclats de gaieté perçaient le vacarme maritime.

La carte des liaisons mortes

Dans son bar, Maëlle avait affiché, on s'en souvient, de grandes cartes de l'île et de la Bretagne. Casimir et ses deux enfants poussèrent la porte de son établissement, avec quelques autres Diskredapl. D'esprit taquin, Keltoï lança :

— Maëlle, du temps que tu étais téléphoniste, tu as bien dû en entendre de belles !

— Après aussi… dans ce bar.

— Pourquoi n'as-tu jamais rien dit ?

— Parce que vous n'étiez pas prêts à entendre… ou plutôt à voir.

— Voir quoi ? demanda Casimir.

— Tout ce que j'ai su des adultères de l'île est sous vos yeux et vous n'avez jamais pu ou su le voir.

— Quoi donc ?

— L'objet qui les récapitule. Peut-être parce que c'était impensable pour vous, à quel point vous vous êtes tous cocufiés les uns les autres. Pas pour moi, vu que j'ai été pute dans le temps. Mais pour vous…

— Sous nos yeux, cet objet ? insista Gwenaëlle.

— Comme la moustache de Félicien ! s'exclama Maëlle. Tous vos pas de côté y sont répertoriés, une véritable encyclopédie de vos trahisons !

Perplexes, les îliens commencèrent à regarder autour d'eux mais ne voyaient rien qu'ils n'eussent déjà enregistré mille fois. La décoration du bar n'avait guère changé depuis des décennies. La vieille Maëlle se moquait-elle d'eux ?

— Les cartes ! fit-elle en indiquant les murs.

Keltoï s'approcha de la carte immense de l'île et de celle de l'éperon breton, toutes deux fixées sur le grand mur du fond. Ses yeux plissés constatèrent alors, avec stupeur, qu'une main avait modifié les noms des lieux et des rues pour écrire à leur place les prénoms des couples illégitimes qui avaient forniqué dans tel ou tel recoin de l'île ou de la Bretagne continentale. Au crayon noir, Maëlle avait établi une carte des liaisons des îliens, avec un détail quasi maniaque. Keltoï fila directement sur les lieux qui, dans sa mémoire de culbuteur, demeuraient d'honnêtes souvenirs. Sur l'île et en Bretagne.

— Tout est juste ! lâcha-t-il. Les noms, et même les dates !

— Pour sûr, confirma Maëlle. J'ai affiché pendant trente-cinq ans la quasi-totalité de vos coucheries, mais personne ici n'a voulu les remarquer.

— Pourquoi as-tu fait ça ? articula Casimir.

— Je jouissais de vous voir ne pas voir cette carte du sexe ! Tous occupés à jouer les fidèles ! Alors forcément, quand Norma a causé de la moustache de Félicien il y a sept ans, je me suis dit que vous finiriez par voir mes cartes !

Gourmé, le commissaire Kermeur sirotait son alcool dans un recoin. Il sentit avec délectation que tout allait peut-être mal tourner. Les gens s'approchèrent du mur des cartes, ébahis de n'avoir jamais rien noté. Chacun voulait constater la sexualité des autres, vérifier la cartographie de la sienne avec autant de curiosité que de panique sourde. Gwenaëlle pâlit en relevant tous les lieux où, dans sa jeunesse, elle s'était donnée éperdument à son frère Zinzin – en en parlant sans doute un peu trop au téléphone. Ce brusque rappel des décors de leurs ébats incestueux lui donna des sueurs froides : un cinéma discret de Douarnenez, la gare de Quimper aux toilettes exiguës, l'église d'Audierne, la sacristie de l'île et la librairie Ravy de Locronan ! Sur un stock d'ouvrages de poésie bretonne.

Les autres hésitaient entre le désir de hurler et l'envie frénétique de rire.

L'angoisse montait.

Yann Kermarec, resté silencieux, un peu à part, se leva et fendit la foule hébétée un crayon à la main ; puis il inscrivit sur l'emplacement du phare de l'île la date du lendemain ainsi que deux prénoms : « Yann et Norma ». Chacun resta étonné.

— Avec un peu de chance, Norma me rendra heureux demain face à l'océan ! lança le pêcheur. Et si je marie Norma, j'indiquerai ici, sur cette carte, les lieux où nous resterons amants ! Je me la volerai !

Fermentation insulaire

Ce soir-là, les couples de l'île se retrouvèrent à l'heure du dîner en sachant que leur mari ou femme n'ignorait plus rien de leur vie secrète, ou le saurait bien vite en consultant les cartes de Maëlle. La tension était palpable. Il faudrait vivre avec ce miroir-là, intègre et effrayant, en consentant à aimer l'autre pour de vrai, à découvert. Ambroisine, la femme de Le Goff, n'était plus seule à souffrir. On savait à présent qu'elle avait eu des gentillesses compliquées pour un pêcheur, son joli beau-frère.

Les orgueils familiaux étaient à leur point bas.

A peine avait-on commencé à admettre les filiations allemandes et les écarts de ses ancêtres qu'il fallait métaboliser cette nouvelle vague de vérité. L'enfer de la lucidité faisait bouillir une fois de plus – la fois de trop ? – les fiertés claniques.

Derrière les volets clos, on entendit ce soir-là des gifles, des portes claquées et mille exclamations de colère. La nuit elle-même semblait ne pas dormir. L'élan de l'île calait soudain. Le redoublement d'idéal qu'il exigeait ne pourrait se maintenir toujours. La lucidité systématique, n'était-ce pas une dépense somptuaire ? Une folie pure ?

En allant se coucher à l'hôtel des Trois Homards, Loïc Kermeur sentit souffler cet état d'esprit nouveau. La disparition des masques excédait les nerfs. Personne ne savait comment aimer sans angle mort, ni s'il était concevable de vivre longtemps ainsi. Aucun îlien n'avait imaginé que les propos de la fille d'Hippolyte, proférés sept ans plus tôt, finiraient par défoncer à ce point les placards de leur communauté. Et ce n'était qu'un début… Car qu'arriverait-il si l'on passait, par exemple, à la révélation franche des revenus des îliens, si l'argent soudain ne faisait plus secret ? D'autres sujets conservaient leur potentiel de ravage.

En s'enfermant dans sa chambre d'hôtel, Loïc Kermeur se félicita du conseil qu'il avait donné à Kerangal, le médecin de l'île. Peut-être son idée avisée suffirait-elle pour que tout explosât enfin. Puisqu'il ne pouvait enrayer ce mouvement inexorable, Kermeur pensait qu'il fallait l'accélérer pour le porter au plus vite à son extrémité !

Tandis que Maëlle ramassait le verre de son dernier client, le titubant Dr Kerangal déclara :

— Au stade où nous en sommes, ma chère Maëlle, fini les messes basses. Sur le conseil du commissaire, j'irai voir demain Yann Kermarec pour qu'il m'interviewe dans le *Bouehz War Wor*. Le canard de l'île doit publier la vérité.

— Laquelle ? s'inquiéta Maëlle qui, clairvoyante, commençait à regretter d'avoir révélé ses cartes.

— La mort de chacun, pardi ! s'exclama Kerangal. La date probable de nos décès. Ou plutôt mon estimation de l'espérance de vie des îliens qui, je dois le dire, est assez juste pour bon nombre d'entre nous ! Notre alcoolisme est si endémique…

— Arrête de boire et de plaisanter. La mort n'est pas un sujet pour rire.

— Je ne plaisante pas.

— Tu es médecin, grogna Maëlle. Ton métier est de conjurer la mort, pas de l'accepter.

— Pourquoi ? Je n'ai jamais vu de peuple heureux qui ne vive sans une conscience aiguë de la précarité de la vie. Le Liban, toujours entre deux ravages, exulte de vitalité et fête ses femmes. Israël danse avec la vie tant elle y paraît en joue.

— Ne donne pas cette interview. Pas en ce moment…

— Si Maëlle, par générosité !

Sentant bien que cette fois la vague de clarté allait trop loin, Maëlle se tut. Les yeux plissés, elle demanda :

— Gwen en a encore pour combien de temps ?

— Quelques jours, une semaine au plus, lâcha le Dr Kerangal. Son taux de globules blancs s'effondre. La vie en elle s'éteint, se fatigue.

— Elle le sait ?

— Je crois même qu'elle sait qu'elle le sait.

— Ah…

— C'est ça qui lui a donné le cran de rédiger ses lettres rouges. Allez Maëlle, ressers-moi une petite prune… puisque je n'en ai plus que pour trois mois. Eh oui, mon foie ne marche pas fort… Mais ne t'inquiète pas : ce n'est pas la mort qui est triste, c'est ce que nous faisons de nos vies !

L'impensable demande en mariage

Comme il ne paraissait plus convenable, dans l'île, de trousser une demande en mariage brodée d'illusions, Yann décida de faire sa demande en osant la franchise.

Juste avant, Yann Kermarec expédia l'interview du Dr Kerangal pour le *Bouehz War Wor*. Publier les dates probables du décès de chacun, en engageant le crédit qui s'attachait à son métier, relevait de l'agression sans retour. Le phénomène naturel le plus occulté, la mort, sauterait à la gorge de tous.

Dès qu'il eut achevé son article, Yann enleva Norma.

Amusée, légère, cette dernière se laissa bander les yeux. Le pêcheur ne lui rendit la vue qu'au sommet d'un grand phare, au large de l'Occident, cerné de tumulte, après l'avoir étourdie de mer et secouée dans une acrobatique traversée.

— Ar-Gwall ! s'exclama-t-elle.

Quarante mètres plus bas bouillonnait l'océan. Du haut du phare dressé par Népomucène, on devinait l'Amérique, l'écho lointain d'un continent toujours recommencé. En bas, dans l'air tendu, tout était furie, collines d'eau qui, en déversant leurs forces, faisaient vibrer le phare et le rinçaient d'embruns jusqu'à sa lanterne à éclipses. La mer se fardait d'une brume laiteuse qui l'unissait au ciel.

Yann mit un genou à terre et débita un texte un peu maladroit :

— Norma, veux-tu m'épouser pour vivre sur une page de gauche à mes côtés ? Veux-tu être ma partenaire de clarté ? Si tu me dis oui, je m'engage à réduire à néant ma part de comédie !

— Oui, répondit Norma sans hésiter un seul instant.

Aucun homme ne lui avait jamais proposé un tel contrat. Les autres étaient restés embusqués, inaptes à la nudité – donc à la confiance. Autant dire étrangers à l'amour.

— J'ai encore une demande, poursuivit Yann. Acceptes-tu d'écrire tous les jours une page de gauche avec moi ? Faisons cahier commun pour ne jamais faire lit à part.

— Seulement si tu me promets de ne jamais juger ce que j'écrirai sur cette page-là, lui répondit Norma face à l'Atlantique.

— Jamais.

— Même si c'est… inquiétant ?

— Inquiète-moi ! cria Yann dans le vent salé.

Ils s'embrassèrent vingt belles minutes et cela eût continué si le téléphone n'avait sonné à quatre reprises. Intriguée, Norma finit par répondre.

— Allô ? demanda Le Goff. Gwen est morte.

L'enterrement impensable

Quelques jours plus tard, j'entrai en collision – moi, Alexandre Jardin – avec cette famille aux airs *jardinesques*. Trois nuits plus tard, au grand dam de ma femme, j'étais à bord du bateau qui voguait vers les obsèques de Gwen Diskredapl. Je rejoignais Norma dont j'avais fait la connaissance à Nantes, dans une librairie.

Au milieu d'une mer creusée, tâchant de rassurer mon épouse en lui expédiant un déluge de SMS tendres, je remarquai la nervosité du capitaine.

Submergé d'émotion, il lisait le journal de l'île au nom barbare – le *Bouehz War Wor* – dont il transportait l'ultime tirage, plus épais qu'à l'ordinaire me dit-on. Le marin sévère ne laissait personne approcher de l'hebdomadaire, comme s'il avait jugé prudent d'en retarder la diffusion.

Tandis que son navire fendait les lames, jetant son étrave dans un océan brumeux qui paraissait bouillir, l'homme de mer semblait en proie à la panique. Un effroi qui ne venait pas de la houle cognante ni de la danse d'écume qui nous cernait, bien qu'il barrât sa coque à s'en déchirer les mains. Le bateau contourna enfin les digues puissantes – encore debout pour certaines – qui carapaçaient l'île surgie de nulle part ;

puis il s'engagea dans un chenal indiqué par des dauphins. Irréelle attention des bêtes à sang chaud pour les marins qui s'aventurent dans ce pays sans hommes.

Le petit port m'apparut dans une déchirure de brouillard. Un alignement de bâtiments pierreux faisant parfois digue, m'expliqua-t-on, les jours de danger où la mer s'invite dans les terres. Aucune belle rue correcte. Nul embellissement municipal. Pas de demeure.

Dans un bar obscur et profond, décoré de grandes cartes de l'île et de la Bretagne, je rejoignis Norma et fis la connaissance du maire. Sans gêne aucune, il me parla – on s'en souvient – de la délectable mort de son père vingt-quatre ans plus tôt, alors que ce dernier était en train de *jouir dans sa mère*. Je découvris en plein mois de janvier, dans cette Bretagne des îles, une population inclassable et vaillante. Quelques centaines d'âmes. On me désigna le seul étranger du récif, un commissaire de police en vacances.

Après la messe célébrée en breton, avec une foi palpable, par le curé d'Audierne fraîchement débarqué, on continua à chanter l'*Iliz ma farouz* derrière une charrette sur laquelle avait été hissée la bière. Nous rejoignîmes ainsi les brumes épaisses du cimetière au milieu de ces tombes éloquentes, de ce marbre en colère qui criait tant de vérités – un peu grand-guignolesques il faut bien le reconnaître. On me confia que l'idée de ces aveux funéraires provenait d'une nouvelle fantastique de Maupassant. Certaines sépultures étaient exagérément fleuries ; au motif que l'île honorait ses ivrognes et ses soiffardes. Des gifles de vent empoignaient les silhouettes.

Norma Diskredapl était la chair triomphante ce jour-là. Pétrie d'une joie spirituelle qui transfigurait sa peine, elle s'avança au bord de la fosse et évoqua sans détour le secret de Gwen. Puis, d'une voix qui portait et emportait, Norma lut une lettre rouge qui contenait les dernières volontés de Gwen Diskredapl :

« Mes chers enfants, la famille doit rester le lieu de la parole franche, le lieu d'exercice de sa liberté. Chaque année à Noël, en mémoire de moi, je vous demande de vous offrir des lettres rouges qui détailleront les non-dits de notre tribu. Et qui souligneront vos impostures. A ce prix, vous gagnerez la confiance d'un clan refondé. A ce prix, vous vivrez en sécurité. A ce prix, vous retrouverez la joie de communiquer en vérité. A ce prix, vous pourrez réagir avant les grandes déchirures. La clairvoyance rend puissant. Courez le risque de vous faire confiance. Et si vous en avez le courage… montrez-vous vos feuilles d'impôts ! L'argent ment. Ne le laissez pas faire. Avec lui, soyez toujours vrai. Je vous embrasse. Votre Gwen. »

Cette lettre, j'aurais aimé que ma propre grand-mère nous l'écrivît au lieu de pratiquer un aveuglement enfantin. Emu par cette harangue, je me promis de rendre publique ma feuille d'impôts et, à chaque Noël, d'offrir aux miens une lettre rouge. En acceptant tous les dévoilements. On ne peut aimer les siens et s'en faire aimer qu'en vérité ; le reste n'est qu'habillage futile et amour friable. Gwen avait raison : la famille doit rester le lieu d'expression de l'inexprimable, et non cette forme ordinaire du délire qui m'a si souvent blessé ! Sinon, où vivra-t-on ?

Dans quel autre cénacle pourra-t-on faire l'expérience de son identité profonde ?

La pluie commença à tomber dru. Je fus très troublé de voir s'effacer peu à peu autour de moi les vérités que les îliens avaient eu le cran d'écrire sur les tombes. Qui sur cette terre est son personnage honorable ? Qu'annonçait cette dilution des aveux au moment où l'on mettait Gwen Diskredapl en terre ? Sous une mer de parapluies, l'assemblée frissonna. Tout le monde sentit qu'il y avait là un curieux présage. Lâchement, l'assistance semblait soulagée que la vérité s'effaçât enfin. Norma m'avait informé des derniers événements dans l'île. Fasciné par leur liberté, je ne voulais pas que leur épopée tournât court. Mais les mots crus, tracés à la craie, au feutre ou à la peinture se dissolvaient, coulaient sur le marbre et s'en allaient grossir des ruisseaux boueux qui se précipitaient dans l'océan bouleversé. Mal à l'aise, Maëlle décampa, comme si elle avait à faire.

A l'écart, le commissaire Kermeur prenait un air satisfait. Norma et Yann semblaient, eux, désemparés. Comment lutter contre cette malignité du destin ? La pluie redoubla contre l'indicible encore lisible sur certaines dalles.

Un petit enfant – Titouan, entendis-je – jeta son doudou dans la fosse ruisselante avec une émotion simple, après qu'on eut descendu en terre le cercueil de Gwen. On commença à refermer le grand trou. Norma s'assombrit. Je devinai alors, en croisant ses yeux mouillés, qu'elle percevait la fin de quelque chose. Pas l'extinction d'une foi mais son amoindrissement.

Quand tout le monde fut parti, Yann et Norma demeurèrent debout sous la pluie grasse, face à la tombe de la grande dame du récif. Flottante, la population refluait vers le port. Embusqué derrière un monument funéraire, je restai un moment à fixer cet homme et cette femme. Rien ne me fascine davantage que les couples soudés par une lucidité commune. La photographie que je pris d'eux – expédiée aussitôt par téléphone – rassura mon épouse.

J'entre dans le roman de l'île

Nous rejoignîmes ensuite le bistrot central du port. L'atmosphère avait vacillé. Flairant un retournement de l'opinion, la vieille Maëlle avait déshabillé les murs de leurs grandes cartes.

— Pourquoi ? lui demandai-je.

— Quelqu'un a bien retiré le registre des naissances de l'église, bougonna-t-elle.

Derrière son zinc, murée dans un silence opaque dont elle semblait avoir l'usage, la tenancière servit des ballons de vin rouge. En elle, m'avait-on dit, s'exprimait l'opinion latente de l'île. Et les lâchetés de l'opinion publique. Sur le grand mur du fond, la carte de leurs adultères avait laissé une marque sur la peinture : son absence. Dans l'église, le registre des naissances avec ses croix gammées avait été escamoté par une main anonyme. Au cimetière, la pluie achevait de lessiver les tombes. Presque tous ceux qui s'engouffraient dans le bar, la nuque inclinée, venaient de remettre leurs chaussures. On sentait que l'honneur des familles allait vite redevenir le nom noble de tous les secrets infamants. L'humeur était à la lâcheté. Fini le sans-culottisme de la transparence ! On oublierait bientôt l'histoire réelle des Diskredapl. Le dénommé Keltoï cita même une vieille plaisanterie de Félicien, ce fier banquier à qui l'on devait tant. Son bon mot fit rire, comme avant. L'île brumeuse revenait à ses atavismes. Le hissage de Gwen au rang d'héroïne avait permis de lui tourner le dos sans délai. Les derniers « pieds-nus » renfilaient leurs souliers.

— Où est Norma ? demanda quelqu'un.

— Quelle Norma ? lâcha le maire.

Chacun sentit bien ce que cette réponse signifiait. Personne ne jugea utile de reprendre la parole de l'édile qui regagna son mutisme d'antan. D'instinct, les politiques ont le génie de ne pas montrer à une population ce qu'elle tient à éluder. Est-ce là l'une des fonctions de la démocratie ? Désigner ceux qui ont la charge d'enfouir le réel ?

Si Norma les rejoignait, son verre ne serait pas rempli. Allait-on à nouveau la bannir pour enterrer cette petite révolution bretonne ? En gommant une fois de plus son nom des conversations portuaires ? Débâcle d'un rêve et d'une espérance. Sans le fil à plomb de sa joie communicative, l'île retournerait à ses arrangements. Fini les vérités drues, les journées constellées de révélations salutaires. En moi une révolte commença à se lever. Je ne supporte pas que les oubliettes demeurent closes. Les hommes sont nés pour coïncider avec eux-mêmes un jour ou l'autre. Personne ne devrait rester une source ensablée. Cette volte-face me désespérait. Comment pouvaient-ils, les uns et les autres, se dépouiller de leur hardiesse à la première embûche ?

Dans le bar, les îliens découvraient peu à peu le dernier numéro du *Bouehz War Wor* inspiré par le commissaire. Avec une sidération croissante. J'attrapai un exemplaire de l'hebdomadaire et vis qu'en première page le médecin de l'île se permettait de bazarder tout scrupule éthique : le Dr Kerangal dévoilait *réellement* son estimation de l'espérance de vie d'une bonne partie des habitants de l'île ! Tous ceux que la mort tirait par la manche figuraient dans son article. Cette ultime liberté, radicale, me réchauffa le cœur. Longue liste d'individus qui, pour certains, n'en avaient plus pour très longtemps. Divers cas s'étalaient : un sida repéré trop tard, des cancers pressés d'avoir le dernier mot, une obésité interdisant de durer, d'innombrables cardiaques et alcooliques en fin de parade. Le beurre salé avait frappé. Le vin rouge et les alcools semblaient avoir fait le reste. Ce qui sur le continent est camouflé – notre mort – était mis sous les yeux de ce petit peuple de la mer avec précision, et justifié par quelques lignes de diagnostic. Soudain, il n'était plus possible de se raconter, sans trop y penser, qu'on ne mourrait jamais. Comment faire face à une telle violence ? Qui m'apparut comme une chance – mais je fus le seul à y voir une naissance à un mode de vie requinquant.

Lourde de colères rentrées, la population finit par se tourner vers le Dr Kerangal. Lâchement, le toubib s'excusa :

— C'était une idée du commissaire, celui du continent. Je sais que c'est illégal, mais il a insisté…

Loïc Kermeur pâlit devant sa chope. Sentant les regards mauvais sur son dos, il posa sa bière. On lui barra la porte. On tenait un bouc émissaire de choix à fracasser. Le policier avait franchi la ligne du supportable. Paniqué, Loïc se réfugia derrière le bar.

— Quoi ? Qu'est-ce que vous avez tous ? balbutia-t-il en tremblant.

Les îliens ne répondirent rien à l'homme qui avait désiré les voir morts, à celui qui venait d'ailleurs. Ce continental ne méritait pas une parole. Il ne fallait plus lui donner l'occasion de les embobiner. Loïc Kermeur comprit que l'île aurait peut-être la peau de l'étranger qui avait osé imaginer leur décès.

Révolté, je quittai ma position de spectateur et me donnai les pouvoirs d'un auteur : *j'entrai dans leur roman*.

Sans crier gare, je m'interposai entre Kermeur et la foule. Armé de colère, je leur lançai :

— Arrêtez ! Et acceptez tout ! Toutes les vérités odieuses, inespérées ! Acceptez votre mort ! Continuez à vivre sans angle mort ! Acceptez de remettre au mur de ce bar la carte de vos liaisons ! Acceptez d'être cocu, si c'est le cas ! Acceptez le mensonge de vos origines ! Acceptez toutes vos lettres rouges ! Acceptez de ne plus vivre ici que des pages de gauche !

Mon intervention les surprit.

— Ne ressemblez pas aux gens du continent. Nos pages de droite sont morbides. Nos dénis fabriquent nos dépressions et notre impuissance. L'aveuglement tue bien avant la mort. Gardez votre joie d'insulaires ! Vous êtes inespérés.

J'avais parlé à cœur perdu, scandalisé que Norma puisse perdre la partie. Il fallait que sur un point du globe la lucidité fût possible, que la fureur d'exister sans se mentir l'emportât sur une terre émergée, même minuscule. Cette promesse-là devait être remplie !

Un long silence plana.

— Il a raison, finit par trancher le maire.

— Oui, confirma le Dr Kerangal. Avant que je crève moi aussi… du foie. Je n'en ai plus que pour trois mois !

Cet aveu était si extraordinaire qu'on l'applaudit. Le moteur de ma foi avait relancé le leur. La foule se détendit et, renouant avec son audace, accepta de poursuivre l'aventure des Diskredapl. Une joie illimitée s'éleva en moi. Dans l'île, l'appréhension et l'inhibition n'auraient pas le dernier mot.

Kermeur en profita pour filer hors du bar, tout en bousculant Yann et Norma qui venaient de débarquer. Du quai, le flic sauta dans une coque et largua les amarres. On ne le reverrait pas de sitôt.

— Que se passe-t-il ? demanda Norma.

— Rien… fit Le Goff en renouant avec son entrain. Tout continue.

— Nous serons vieux plus tard ! lança Maëlle en servant le verre de Norma.

ÉPILOGUE EN PARTIE DOUBLE

Dans le prologue, je vous le disais : Norma est passée dans ma vie tel un météore, en achevant de la remanier. Fasciné par sa liberté contagieuse et sa bienfaisante gaieté, j'ai pu terminer la mue que j'avais engagée en publiant mes Gens très bien. *A présent, je tiens comme elle et Népomucène un « journal en partie double ».*

Sur un vieux cahier, je me suis astreint à cette discipline jubilatoire : écrire chaque soir des « pages de gauche », en évacuant toute comédie. Sans craindre de bazarder pudeur ou amour-propre. Stylo en main, j'évite le plus souvent de noircir des « pages de droite ». J'en ai moins l'usage. Quelle curieuse ivresse d'avoir à rendre compte de son quotidien en cherchant sa part de vérité sans apprêts ! Et quelle jouissance de chasser de sa vie le personnage, de renoncer à sa cuirasse – tout en se gardant comme du feu de refabriquer sournoisement « un personnage sincère » qui ne serait qu'une nouvelle imposture. On a si vite fait de se remettre en scène quand on croit juguler cette tentation !

Dans l'étrange suite de ce livre, vous trouverez un aperçu de mon cahier. Chaque page se lit en écho avec celle qui lui fait face. Leur opposition raconte quelque chose de plus que ce qui y est imprimé. A droite la réalité que je montre, à gauche ma vérité. A gauche l'être nu, à droite les vêtements. A gauche j'avoue, à droite je mens.

Il fallait que ces extraits soient publiés tels quels pour que ce « roman de Norma » devînt authentiquement le mien et qu'il ne soit plus seulement un fait qui se produit à l'intérieur d'un livre mais une démarche qui procède vers le monde pour y devenir acte et événement. Mettre en joue son époque ne peut se faire en usant d'idées qui seraient des munitions à blanc. Et puis, peut-on écrire sur les vertiges du funambulisme sans aller faire un tour sur le fil ? Au risque de tomber – ce qui me paraît moins grave que de vivre à petit feu. J'y évoque sans détour l'argent que je gagne, mon corps navrant, les coulisses de ce roman qui agit sur moi et d'autres sujets minés. Je n'imaginais pas clore ce texte sans courir des risques équivalant à ceux auxquels Norma s'est exposée pour demeurer vivante. De surcroît, je n'ai pas voulu que ce récit puisse être reçu comme un simple « conte de Noël », en le plaçant à distance de soi. Puisqu'il m'affecte réellement, il peut affecter. On notera au passage tout le profit que je retire d'une existence enfin « normatisée » – et le retour de vitalité que cette impudeur intégrale me procure. Que ma joie demeure !

Au terme de ce roman, je crois en « la possibilité d'être Norma ».

Mes vraies dépenses

49 % d'impôts divers que je règle en bougonnant mais avec fierté, tant cela me fait jouir de soutenir l'effort d'éducation de mon pays (quel bonheur de payer les salaires annuels de quatre instituteurs avec mes droits d'auteur ! Mes folies financent des cours !),

22 % pour mon cher loyer,

13 % pour mes – très nombreux – enfants qui le méritent bien (études fécondes, vacances curieuses ou culottées, etc.),

7 % pour couvrir les frais de notre maison (nourriture, EDF, etc.),

4 % d'achats de livres et de journaux (ma goinfrerie est maximale),

2 % consacrés à aimer (ce qui est sans doute mesquin),

2 % pour mes besoins propres et mes menus plaisirs (hors achats de livres). L'angle mort est bien là. Est-ce sain et moral de se négliger à ce point ? A méditer… pour remettre les choses à plat !

1 % consacré à des associations citoyennes diverses qui m'exaltent (en refusant tout avantage fiscal – par principe),

0 % *pour la vodka qui m'ennuie, la cocaïne afghane dont mon tempérament n'a pas besoin, le peyotl mexicain que j'ignore, les putains rutilantes, les articles de luxe dont je n'ai que faire, les boîtes de nuit tabagiques où je bâille, les restaurants endimanchés, les voitures sexy (vive mon scooter !), l'épargne et… ma (squelettique) retraite. Je serai vieux plus tard !*

Mes revenus réels

Cette page de droite est un pur mensonge – bien que ce document fiscal et sans humour soit authentique. Personne n'est un chiffre et encore moins ses gains. Nous nous révélons davantage par nos dépenses – qui nous racontent – que par nos revenus !

Désormais, je n'aurai plus peur qu'on me demande à la télévision combien je gagne… LA question qui, en France, déquille toujours un peu et flatte les pulsions agressives de la rue !

IMPÔT SUR LE REVENU
ACOMPTE PROVISIONNEL 2012

Liberté • Égalité • Fraternité
RÉPUBLIQUE FRANÇAISE

DIRECTION GÉNÉRALE
DES FINANCES PUBLIQUES

IRAP V4.1 140312 HN

CENTRE DES FINANCES PUBLIQUES
SIP PARIS 8 E
5 RUE DE LONDRES
75315 PARIS CEDEX 09

M JARDIN ALEXANDRE

75011

Vos références

Numéro fiscal :	03 64 207 504 430
Référence de l'avis :	12 75 0398688 82
Numéro de contrat de prélèvement à l'échéance : *Si vous avez choisi ce mode de paiement*	P1 75 0316394 54

Votre situation

Impôt de référence*	115 843,00 €
Acompte provisionnel (1/3 de l'impôt de référence)	38 614,00 €
Somme à payer	**38 614,00 €**
Date limite de paiement	**15/05/2012**

* Partie de l'impôt payé en 2011, soumise à acompte provisionnel.

Pour vous renseigner

⇨ **Par internet :** impots.gouv.fr, pour consulter votre situation fiscale, réaliser des démarches personnalisées ou payer.

⇨ **Par téléphone : votre centre prélèvement service**
Du lundi au vendredi de 8H30 à 19H au 0 810 012 034* ou par courriel : cps.montpellier@finances.gouv.fr
Pour modifier ou obtenir des renseignements sur votre contrat de prélèvement à l'échéance ou pour adhérer au prélèvement mensuel.
** (coût d'un appel local, à partir d'un poste fixe, depuis la France métropolitaine et les départements d'outre-mer, hors éventuel surcoût de votre opérateur)*

⇨ **Sur place : votre centre des finances publiques**
SIP PARIS 8 E
5 RUE DE LONDRES
75315 PARIS CEDEX 09
Accueil : avec ou sans rendez-vous LUN A VEN 9H-16H

La publication de cette feuille d'impôts est un acte transgressif (on le fait généralement pour déstabiliser quelqu'un) ; mais cela me met paradoxalement en sécurité, surtout dans un vieux pays catholique et envieux, si angoissé à l'idée de parler d'argent – donc du plaisir. Notamment dans le milieu associatif, hypersensible aux inégalités, que je fréquente assidûment en tant que militant de la lecture – où « le riche », assimilé à un être nauséabond et cupide, prend toujours soin de paraître fauché et d'habiller de secrets son opulence, de peur d'être méprisé. Cet angle mort là, si respecté par mon (très) pauvre milieu littéraire qui insulte l'argent, tout en désirant ardemment les jouissances qu'il procure, je veux l'assumer ! Au diable les hypocrisies qui nous falsifient !

Je ris pour masquer ma détresse. Cette photographie est celle d'une souffrance – mon surpoids –, pas celle de ma nudité. Je suis hélas ce que vous voyez, cette silhouette épaisse que j'esquive chaque soir en évitant mon reflet dans le miroir de ma salle de bain. Mon véritable angle mort ! Qui me blesse tant j'aimerais fasciner ma femme…

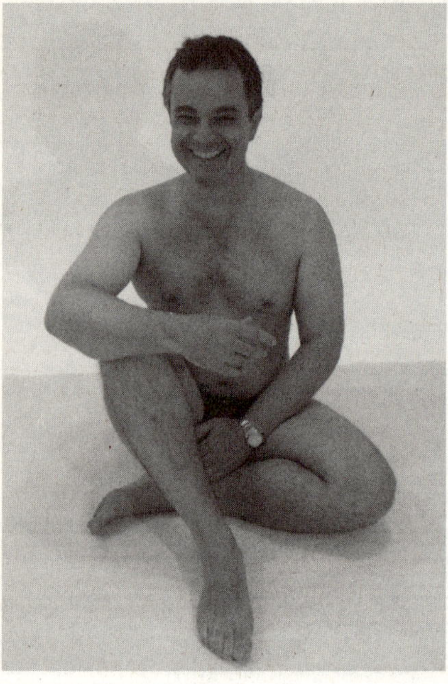

Publier un cliché non retouché de mon corps est si gênant, voire mortifiant pour un ex-séducteur qui a longtemps fait rêver des phalanges de jeunes filles, que je me trouve contraint de réussir un régime ! Je ne supporte plus de coïncider avec cette photo-là – que j'accepte cependant de voir en face. Pour retrouver mon juste poids, pas d'autre solution que m'infliger l'effroyable vérité. Seule la lucidité permet d'agir et de foncer au plus vite vers sa joie. Bientôt, grâce à cette humiliation publique, j'aurai la chance d'être moi… pas cet animal replet en passe de se churchilliser !

Dissimulé dans ces vêtements trompeurs, je mens clairement. Mon jean flou et ma chemise ample dissimulent mon embonpoint. J'ai l'air d'un bobo alors que je suis un inflexible. On me dirait adolescent alors que je suis extraordinairement père. Personne n'est moins « cool » (oh l'affreux mot !) que moi ! L'art de se montrer pour ne pas être vu… Ras le bol ! Je dois revoir mon apparence de fond en comble, cesser ce mensonge vestimentaire.

Les angles morts d'un homme public
dans la société française

(petits privilèges dont il n'aime pas se vanter)

— Je peux téléphoner au directeur d'un hôpital public pour prévenir que j'arrive aux urgences. Mon cas est pris en considération dès mon arrivée.

— Je peux changer un billet d'avion non remboursable et non échangeable en passant par le service de presse des compagnies.

— Je peux parler à un président de la République, un ministre de la Culture, un ministre de l'Education, etc.

— On ne me fait pas attendre, comme tout le monde, dans les cabinets de radiologie.

— Je paye rarement une place de théâtre ou de concert à Paris, alors que j'ai les moyens de me les offrir.

— Dans les grands hôtels, quand « c'est complet » il y a souvent de la place pour moi.

— J'ai pu, avec ténacité, faire obtenir des papiers à une famille sans titre de séjour.

— Pour louer un appartement à Paris, mon dossier est facilement placé sur le dessus de la pile.

— Etc...

Sommes-nous
tous égaux ?

(une voix, un homme…)

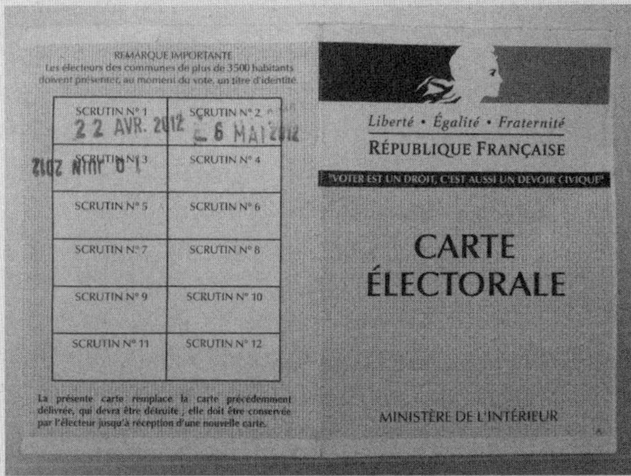

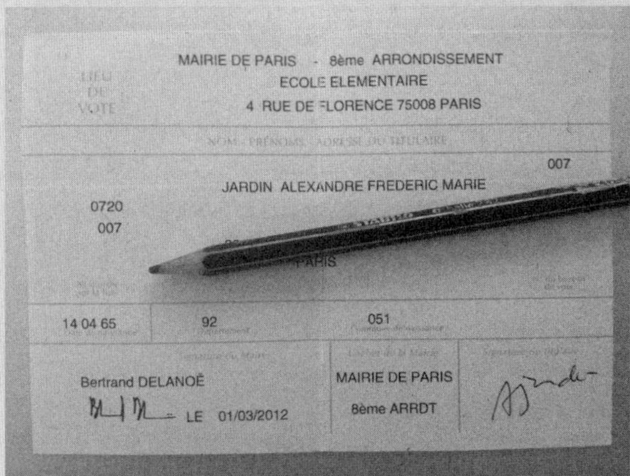

Avec mon éditeur, je me suis rendu chez un ami radiologue – un animal hors série qui, la nuit, effectue en douce des scanners de bouddhas en 3D pour percer leur mystère – afin qu'il nous montre l'angle mort absolu : notre finitude, notre tête de mort en 3D: Voici mon profil de cadavre pour les siècles à venir. Il me crie de vivre chaque instant comme si c'était le dernier ! Jouissons du présent ! Méprisons le futur et tous ceux qui maintiennent leur esprit dans la sinistre habitude de le prévoir !

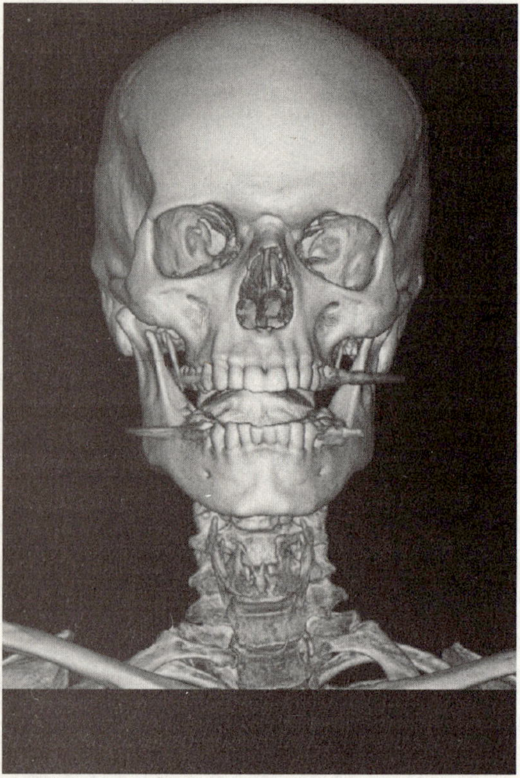

Ma tête de mort

Voici ma tête éternellement jeune – une illusion.

Ma tête de vie

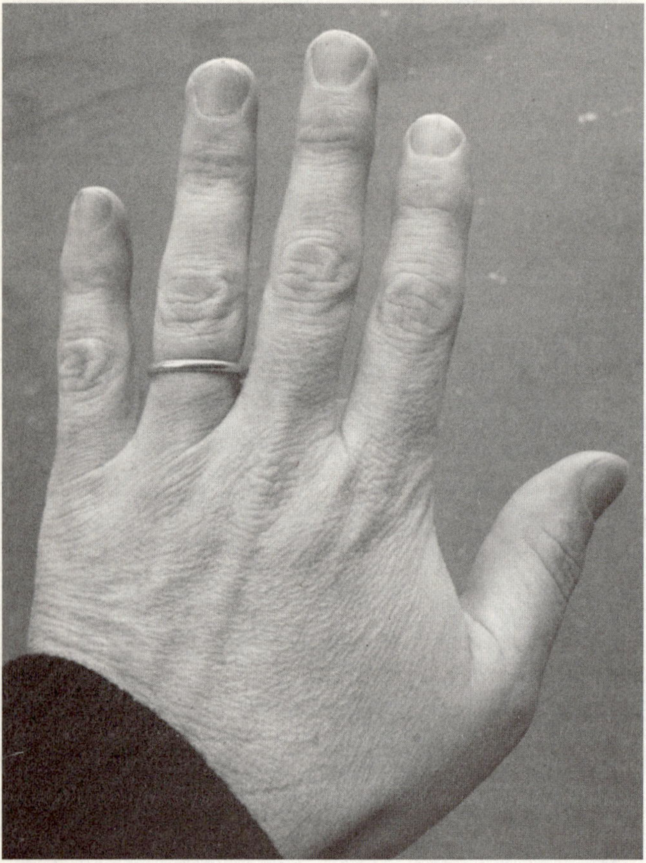

Ma main gauche dit ma vérité

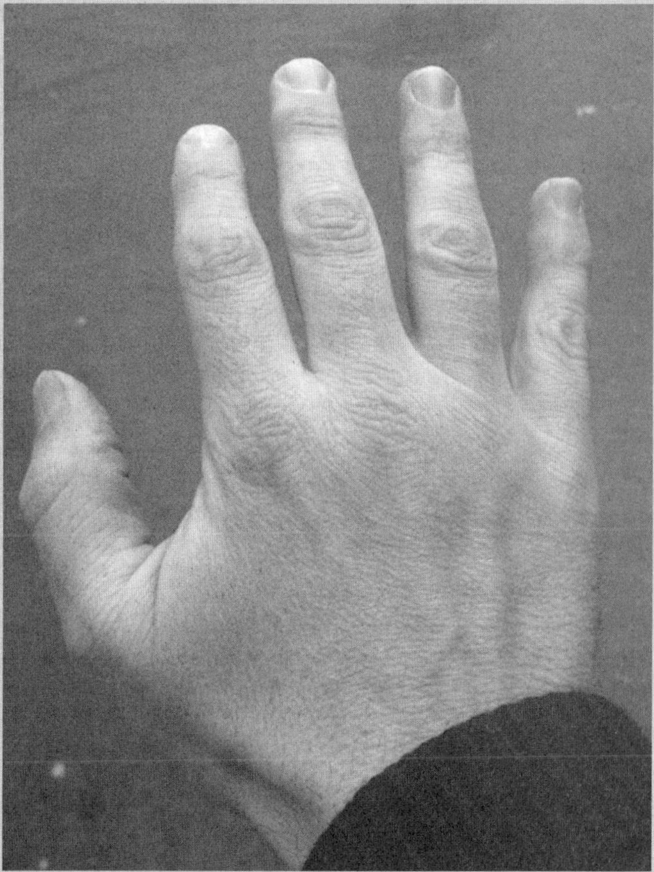

Cette main droite sans alliance ment

Un Français de 1,72 mètre né le 14 avril 1965 ? Non, je suis désormais une joie… quasi « normatesque » ! Celle d'un homme qui ne veut plus être qu'un changement. Celle d'un citoyen fébrile qui, s'il devait refaire bientôt son passeport, préférerait tracer un point d'interrogation sous la mention « signature du titulaire », plutôt que d'inscrire son patronyme. Mon identité a cessé d'être stable, ou plutôt stagnante. Nul doute que le « ? » me nomme mieux aujourd'hui que mon état civil statique. J'aspire à une vie sans bagages, à me délester de mes convictions. Mes croyances calcifiées me freinent. Suis-je né en 1965 ? J'essaye de naître aussi souvent que possible et y parviens, tant bien que mal, à chaque fois que je m'évade de mes peurs. En fonçant vers leur envers : le désir fou que j'ai de rencontrer les autres, ma femme et mes chers enfants sans aucun filtre !

Puisque je rêve de devenir cela – un pur ? –, pourquoi diable ai-je encore tant de peine à en tirer toutes les conséquences ? Accepter cette ambition m'inquiète-t-il ? Au point d'éviter d'y songer trop souvent… Il le faudra bien pourtant ! Ah, prendre acte de celui que l'on est devenu… et de ce qui meurt en soi.

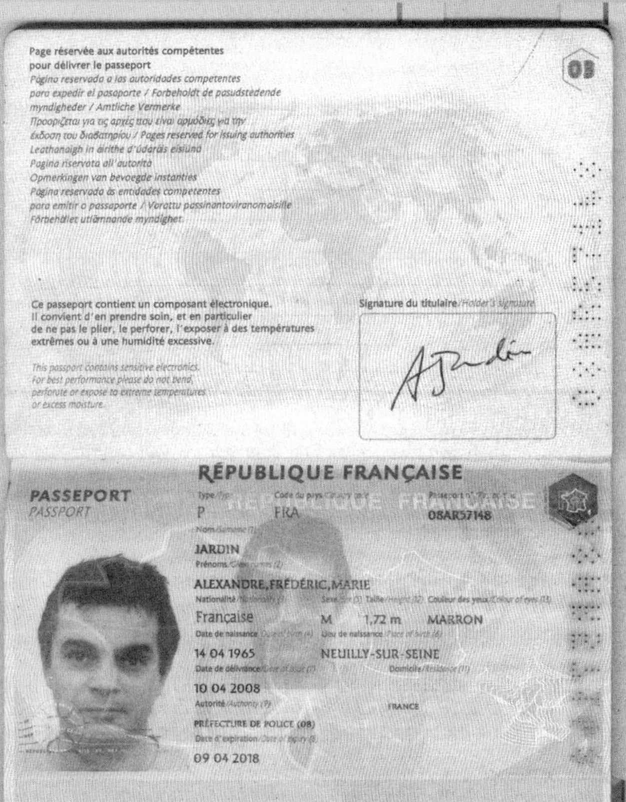

Cette pièce d'identité ment officiellement

La vérité (déplaisante)

1986, je deviens par hasard auteur, par chagrin de renoncer – dans un avenir mal défini – à la présidence de la République ou au trône de l'Europe (au choix ; personne ne m'avait alors averti que le réel existe).

1988, Le Zèbre *naît sur du papier et reconquiert sans cesse sa femme. Ce furieux accomplit très exactement ce que je ne savais pas vivre. Il est fantaisiste. J'étais alors un bonnet de nuit de compétition…*

1990, Fanfan *renouvelle l'illusion en la perfectionnant. Je baptise le héros « Alexandre » pour que l'on m'imagine aussi efficace en amour que lui – une escroquerie totale. Ma créativité sentimentale avoisine celle du bigorneau.*

1991, publication à Londres d'un roman hallucinant sous un pseudonyme. Quand l'assumerai-je ? Il le faudrait pourtant… puisque je l'ai commis.

1992, je me vois devenir adulte avec effroi. Je riposte en publiant un livre étrange – qui se transforme au fil des pages en livre pour enfant – censé m'empêcher de « m'adultiser ». Alors que je continue, cette année-là, à mener une vie pépère et sans fraîcheur…

1994, L'Île des Gauchers *présente une société à l'envers où l'amour réussit. Au moment où mon premier mariage commence à manquer de poésie… par ma faute.*

1996, Cybermaman *: livre jeunesse entièrement réalisé en trucages numériques. Enfin je remanie franchement la réalité en gommant la mort ! Jouissif !*

1997, sortie de mon Zubial. *Dans ce livre, mon père ressemble à ce qu'il aurait voulu être – je l'aimais trop pour lui infliger un miroir intègre. Un pur acte d'amour. Aujourd'hui, je dirais qui il fut.*

1999, Autobiographie d'un amour *qui m'échappait totalement. Sur papier, cet amour-là redémarre quand, dans la réalité, il s'éteignait sans éclat hélas.*

2000, sortie de Lord-Tout-Nu *(éditions Lire c'est partir, 0,75 euro), indisponible en librairie. Ne se vend qu'en banlieue dans des camions ou par correspondance. Mon premier livre sans masque.*

2002, Mademoiselle Liberté *ou le refus de tolérer le réel, alors que la passion me retombait dessus. Immense. Souveraine.*

2002, 1+1+1… = une révolution *: première incursion dans le vrai monde – chronique de mes combats sociaux et citoyens. Fenêtre ouverte sur le bonheur de servir les autres. Et de gouverner non l'Etat, ce trompe-l'œil, mais le réel !*

2004, mes Coloriés *me permettent d'émigrer provisoirement dans un univers sans adultes – le dernier y est assassiné – donc… libéré de ma propre famille !*

2005, Le Roman des Jardin *: tout est absolument vrai, tout est inexact.*

2007, je brûle un roman de diversion. Certains livres doivent être écrits pour être brûlés… par leur auteur.

2008, Chaque femme est un roman *est un livre de remplacement que je n'aime plus. J'y repense toujours comme à un manque d'audace.*

2009, la suite de Fanfan *me permet de partir une dernière fois en vacances au pays de mes bluettes.*

2011, tout commence*.*

La réalité

1986, Bille en tête *(Prix du Premier Roman)*
1988, Le Zèbre *(Prix Femina)*
1990, Fanfan
1992, Le Petit Sauvage
1994, L'Île des Gauchers
1996, Cybermaman ou le voyage extraordinaire au centre d'un ordinateur
1997, Le Zubial
1999, Autobiographie d'un amour
2002, Mademoiselle Liberté
2002, 1+1+1… = une révolution
2004, Les Coloriés *(version adulte et version enfant)*
2005, Le Roman des Jardin
2008, Chaque femme est un roman
2009, Quinze ans après *(suite de* Fanfan*)*
2011, Des gens très bien

Exercice de délivrance
pour moi et mes enfants

la vie moins honorable de mon grand-père

L'angle mort des Jardin et d'un pays…

Exercice de cécité
qui m'a longtemps soulagé

la vie très honorable de mon grand-père

L'angle mort d'un fils...

Le roman de ce roman

Ce roman a une histoire, celle de ma peur de l'écrire – et de mon bonheur d'y parvenir enfin !

Les livres irréversibles résistent à leur auteur. Parfois, ils se battent bien pour ne pas naître. Je craignais, en signant ce « roman de Norma », de dire adieu à l'homme que j'ai longtemps été – incapable d'avancer à visage découvert. Mes Gens très bien *ont commencé l'arrachage de mes masques. Et la lente guérison de ma cécité. Après une telle opération, vitale tant mon addiction au déni fut sévère, je redoutais de publier un roman qui, par son propos, me contraindrait aux joies difficiles de l'authenticité. La tentation était grande d'ouvrir les yeux sur Vichy et l'affreux passé de mon grand-père pour les refermer sur tout le reste.*

Avouons en passant – pourquoi le cacher ? – que la véritable Norma n'a sans doute guère de rapport avec celle que j'ai eu besoin de voir en elle pour venir à bout de ce volume !

L'aventure de ce livre m'a conduit de versions atones en versions plus ou moins ratées – la dernière m'ayant été refusée par Grasset. Grâce leur soit rendue ! Un éditeur doit interdire à ses auteurs de ne pas écrire les livres qu'ils prétendent écrire. Pas d'esquive ! Il faut tuer le dragon que l'on a choisi d'affronter – or je suis désormais de ces auteurs en surchauffe qui écrivent en essayant de se défier. D'autres grattent leur copie paisiblement sans se chercher querelle, comme on part en vacances. Je n'ai plus ce loisir. En littérature, je ne rêve plus de pédalo. J'ai donc erré nerveusement, au fil des manuscrits, changeant souvent de titre : « Les Impensable *», «* Sans angle mort *», «* Une immense joie *»… Ces titres enterrés éclairent une facette de ce roman à laquelle je me suis longtemps dérobé. Pas évident de s'obliger à entrer de plain-pied dans une nouvelle conduite, de se convertir à l'acceptation de tout en suivant Norma !*

Cette couverture est une couverture

Elle masque d'autres titres
et un rêve…

Chaque étape témoigne de ma résistance à ne pas écrire les pages que vous tenez entre vos mains. Pourquoi me suis-je finalement arrêté sur ce dernier titre, Joyeux Noël ?

Parce qu'il est lisse, souriant et que la subversion me paraît plus efficace en tenue de fête. J'ai voulu tromper les inquiets et les méfiants, je l'avoue. Joyeux Noël ! L'exclamation, même teintée d'ironie, respire le respect du passé, des traditions ronronnantes, des règles du jeu – quand mon texte prône l'irrespect salvateur, la déroute des chimères, l'allégresse qui jaillit lorsqu'on retoque les légendes qui nous séparent de la vraie vie. Ce titre gentil n'effraiera pas, je l'espère, ceux qui, dans un premier temps, pourraient être horrifiés par l'idée même de se mettre à nu et d'admettre la vie secrète de leur propre famille – celle qui hurle sans cesse en eux tant qu'elle n'est pas dite. Noël n'évoque-t-il pas les sages guirlandes, la bûche glacée et... le renouveau, une innocence aux yeux de nouveau-né ? Tout sauf l'énorme risque de crier enfin sa vérité ! Et d'entendre à pleins tympans celle des autres ! Or je publie ce roman pour « faire de la politique » à ma manière – pas la gestionnaire, non, la décisive à mes yeux, celle qui façonne l'idée de soi de mes contemporains –, pour participer au rebond de notre époque. Sur des bases enfin toniques. Agir avec des mots sur le monde mental de mes contemporains est toute ma fièvre. Je rêve d'un intense effort de lucidité collective, d'un dévoilement culotté qui relancerait nos destins en rade dans un pays craintif qui pratique l'esquive de tout et qui, telle une vieille personne effrayée, feint d'ignorer ses difficultés. En passant à côté de sa joie. La France irréelle dans laquelle grandissent mes enfants me téta-

nise. Les « angles morts » y pullulent depuis Vichy et la guerre d'Algérie. Nous restons incapables de construire une mémoire transparente – donc apaisée. Dans cette mini-France encalminée à l'écart des vents porteurs de la mondialisation, volontiers jalouse et suspicieuse, votant comme on jette du venin et qui bouffe du riche ou du banquier sans vergogne comme jadis elle bouffa du Juif, la cécité n'est plus une maladie réservée à la classe politique. La désaffection chronique pour la réalité s'installe. Les débats de diversion sont notre ordinaire – très ordinaire. L'échappatoire triomphe. Terrorisés par le présent, l'avenir et le passé, nous ne cessons de reprocher à nos élus de ne pas tenir un langage de vérité que nous ne souffrons plus d'entendre – d'où une maussaderie générale, un fiel endémique et une sinistre perte d'ambition. En choisissant un titre souriant, d'allure presque innocente, qui respire l'espoir et la renaissance, je fais le pari d'atteindre ceux que le titre « Sans angle mort » aurait d'office fait reculer et détournés de mon enthousiasme. J'espère causer, l'air de rien, à l'oreille d'un peuple à qui je souhaite, à l'avenir, le plein courage d'être soi. Pour qu'un jour nous ne soyons plus des « mini-Français », comme le disait ce cher Romain Gary. Démarche candide ? Je la revendique ! Les romans ne valent-ils pas bien des lois inappliquées ? Ils légifèrent à l'insu des censeurs, et imposent leur jurisprudence dans les cœurs. **Vive la littérature !**

!

En guise de conclusion

La décision de publier ces doubles pages me procure une drôle de paix. Dieu qu'il fut fatigant de soutenir un personnage ! Et comme je me sens en sécurité d'avoir déposé mes masques les plus grossiers. Dans ces « pages de gauche » comme dans ma vie. Paradoxe du cœur humain : la mise en danger sécurise. On se met à nu et soudain on ne craint plus grand-chose. Alors revient la vitalité dépensée en vain pour maintenir des faux-semblants absurdes et entretenir des légendes coûteuses. Au diable notre honorabilité, l'inhibition qui nous éteint et les intimidations en tout genre ! Puissent mes enfants foncer sans délai vers leurs « angles morts » pour les aérer et composer leur propre hymne à la joie. Ils sont d'une étoffe courageuse, je le sais. Déjà plus authentiques que moi. Déjà inaptes à l'évasion de soi. J'ai mis quarante-sept ans à rendre les armes, à juguler mon rire défensif. Ce n'est pas glorieux. Qu'ils trouvent la Norma qui vit en eux plus rapidement que moi !

Nous serons vieux plus tard.

Les pages de droite, c'est fini !

Du même auteur :

BILLE EN TÊTE, Prix du Premier Roman, Gallimard, 1986.
LE ZÈBRE, Prix Femina, Gallimard, 1990.
LE PETIT SAUVAGE, Gallimard, 1992.
FANFAN, Flammarion, 1993.
L'ÎLE DES GAUCHERS, Gallimard, 1995.
CYBERMAMAN, Gallimard-Jeunesse, 1996.
LE ZUBIAL, Gallimard, 1997.
AUTOBIOGRAPHIE D'UN AMOUR, Gallimard, 1999.
MADEMOISELLE LIBERTÉ, Gallimard, 2002.
1 + 1 + 1..., Grasset, 2002.
LES COLORIÉS, Gallimard, 2004.
LE ROMAN DES JARDIN, Grasset, 2005.
CHAQUE FEMME EST UN ROMAN, Grasset, 2008.
QUINZE ANS APRÈS, Grasset, 2009.
DES GENS TRÈS BIEN, Grasset, 2011.
MES TROIS ZÈBRES, Grasset, 2013.

Alexandre Jardin dans Le Livre de Poche

Chaque femme est un roman n° 31617

Parfois, il me semble que les femmes sont des tremplins vers le fabuleux. Écrivaines pour la plupart non pratiquantes, elles produisent de la prose intérieure destinée à tromper leurs déceptions et à soigner leurs rêves. Changent-elles de métier, d'amant ou d'opinion ? C'est d'abord une césure, un rebond de style, un chapitre qui se tourne. Adressent-elles une œillade à un passant ? C'est un best-seller qui débute. Depuis mon plus jeune âge, je sais que chaque femme est un roman. Voici en quelque sorte mes études littéraires, blondes et brunes.

Des gens très bien n° 32456

Tandis que mon père s'endort peu à peu contre moi, je lui parle une dernière fois. Plus tard, tu ne pourras pas vivre avec le secret des Jardin. Il te tuera... Tu feras un livre, *Le Nain jaune*, pour le camoufler. Au même âge que toi, j'en ferai un, *Des gens très bien*, pour l'exposer. Et je vivrai la dernière partie de ta vie… La mienne. Dors mon petit papa, dors… Ce livre aurait pu s'appeler « fini de rire ». C'est le carnet de bord de ma lente lucidité.

Quinze ans après n° 31975

A vingt-cinq ans, Fanfan et Alexandre s'étaient désirés. Fou de romantisme, il lui avait fait une cour sans fin. Pour différer toujours l'usure de la passion. Quinze ans après, Alexandre a bien changé : toqué de vie domestique, il rêve d'un amour quotidiennement réenchanté. Désormais, il ne veut plus aimer toujours mais tous les jours. Avec une folie infatigable ! Mais comment prendre appui sur les tâches ménagères pour éperonner le désir ? Faire lavabo commun peut-il éviter de faire un jour rêves à part ? Seule l'aventure du quotidien amoureux mobilise son imagination. Ce défi peut-il être relevé sans votre aide ?

Le Roman des Jardin n° 30772

Dois-je avouer que, soudain, j'en ai eu assez de me cacher publiquement en écrivant des romans de bon garçon ? Que mes petites épopées sur l'extase conjugale m'ont paru, la quarantaine venue, bien pâlichonnes au regard des folies de ma famille ? Bon sang, me suis-je dit : jusqu'à quand auras-tu peur d'être un Jardin ? Il faut admettre que le sang des Jardin est un breuvage à haut risque. Une gorgée, et bas les masques ! Cap sur les sentiments incorrects ; sur des fièvres bizarres, loufoques, grisantes ; sur ces hurluberlus qui font ma tribu et qui embellirent leur vie de magnifiques audaces… Le résultat est là : dans ce roman vrai, je perce mes abcès de silence. Je vagabonde enfin au sein de ce clan qui, à lui seul, incarne la fantaisie, l'irrégularité en tout et un moment d'incroyable liberté. Pour la première fois, je redeviens un Jardin. Suis-je digne de ces grands fouleurs de principes ? Je leur dois, en tout cas, la meilleure part de ce que je suis.

PAPIER À BASE DE FIBRES CERTIFIÉES

Le Livre de Poche s'engage pour l'environnement en réduisant l'empreinte carbone de ses livres. Celle de cet exemplaire est de :
300 g éq. CO_2
Rendez-vous sur www.livredepoche-durable.fr

Composition réalisée par NORD COMPO

Achevé d'imprimer en septembre 2013, en France sur Presse Offset par
Maury Imprimeur – 45330 Malesherbes
N° d'imprimeur : 184573
Dépôt légal 1re publication : novembre 2013
LIBRAIRIE GÉNÉRALE FRANÇAISE – 31, rue de Fleurus – 75278 Paris Cedex 06

31/7660/9